Renier-Fréduman Mundil

# Der kleine Mugu auf dem Noddelthron

Märchen/Roman

AF191269

Renier-Fréduman Mundil

# Der kleine Mugu auf dem Noddelthron

Märchen/Roman

Impressum
Bibliografische Information der Deutschen Nationalbibliothek:
Die Deutsche Nationalbibliothek verzeichnet diese
Publikation in der Deutschen Nationalbibliografie;
detaillierte bibliografische Daten sind im Internet über
http://dnb.dnb.de abrufbar.

© 2024 Renier-Fréduman Mundil
       Viola Hartmann
Covergestaltung Dan Winkler

Verlag: BoD • Books on Demand GmbH, In de Tarpen
42, 22848 Norderstedt
Druck: Libri Plureos GmbH, Friedensallee 273, 22763
Hamburg

ISBN: 978-3-7597-9964-7

Für

William

Unser kleiner (weil jüngster) König in der
Familie. König im Lachen, im Verstehen, an
Furchtlosigkeit.

## Einleitung für Kinder

Dieses Buch handelt von der Geschichte eines Jungen, der in einem Land lebte, das von einem König regiert wurde. Eines Tages kommt ein Angeber (Prahlhans) in dieses Land. Er besitzt die Fähigkeit, die Gedanken anderer Menschen mit seinen wilden Haaren einzufangen und somit zu erraten. Als der König einmal ein wenig müde zum Regieren war, ließ er eine Verlosung stattfinden, der Gewinner durfte vorübergehend sein Königreich regieren. Ausgerechnet der kleine Junge Mugu gewann den Preis und regierte das Land, in dem er viele Dinge auf den Kopf stellte. Er musste sogar einen Krieg führen, das tat der auf sehr ungewöhnliche Weise. Vielleicht gab es am Ende sogar zwei Könige, einen jungen und einen alten, die gleichzeitig das Land regierten. Daran kann ich mich nicht mehr so recht erinnern, deshalb kann ich nur empfehlen, einfach mal selbst in den Geschichten dieses Buches nach der Antwort zu suchen.

## Einleitung für Erwachsene

Macht ist eine Droge. Und Drogen sind meist kleine Dinge, die Menschen in sich hineinstecken, um für eine kurze Zeit die Welt, die sie selbst geschaffen haben, nicht sehen zu müssen. Leider kann man sich kaum dagegen erwehren, was eine Droge mit einem macht (Macht). Und so ist es auch mit der Macht.

Sie verwandelt die vernünftigsten Menschen in seltsame Wesen, sobald sie von ihnen Besitz ergriffen hat. Vielleicht lassen sich Wörter wie machtbesessen, machterfüllt, machthungrig so besser verstehen.

Logische Folge wäre, jedem möglichst wenig Macht in die Hand zu geben, die Macht zu teilen. In diesem Buch wird die Macht zwischen einem alten König und einem kleinen Jungen geteilt. Fragt sich nur, in welchem Verhältnis und nach welchen Regeln die Macht aufgeteilt wird.

Durch eine Verlosung, eine besonders gerechte Form, denn solange niemand schummelt, ist eine Verlosung eine ziemlich faire Sache. Weil jeder gleich ist, die gleichen Chancen hat. Wie es eigentlich im Leben sein sollte.

Die Erde ist eine Kugel. Das wichtigste einer Kugel ist der Mittelpunkt. „Des Pudels Kern." Bei einer perfekten Kugel ist jeder, der auf der

Kugel steht, gleich weit entfernt vom Mittelpunkt. Und auf einer Kugel gibt es kein Oben und kein Unten, keinen Anfang und kein Ende. Jeder hat denselben Abstand zum wichtigsten Teil der Kugel, zu ihrem Mittelpunkt, zu ihrem Kern.

Es sei denn, jemand erhebt sich und stellt sich, wozu Macht verleitet, auf einen Podest oder setzt sich als König auf einen hohen Thron. Plötzlich ist er vom Mittelpunkt, vom wichtigsten Teil dieser Kugel, weiter entfernt als vorher – ohne es zu merken.

Das Gegenstück von einem König ist ein Diener. Ein Diener macht normalerweise eine Verbeugung. Dadurch bückt er sich nach unten und ist jetzt dichter am Mittelpunkt der Kugel, dem wichtigsten Teil, dem Zentrum, um das sich alles dreht.

So etwa verhält es sich mit der Macht. Und wenn wir manchmal am Boden liegen und neidisch auf die Mächtigen da oben schielen, vielleicht denken wir dann einmal daran, wer sich dichter am Mittelpunkt der Kugel, an ihrem Zentrum, an ihrem Kern, an ihrem wichtigsten Teil befindet.

# 1

In einem kleinen Land am Rande der Wüste lebte ein großer alter König. Dieser König mochte nichts von alldem, was Könige sonst mögen. Er mochte nicht regieren, er mochte keine Gesetze erlassen, er mochte keinen Krieg führen, er mochte keine Krone tragen. Es gab nur eine Sache, die der große König mochte: Eis essen! Deshalb wurde er bald rund wie ein riesiges Weinfass und er traute sich nicht mehr als dicker, runder König auf die Straße, um in das einzige Eisgeschäft seines Königreiches zu gehen. An einem heißen Tag streifte er die königlichen Gewänder ab, legte die Krone beiseite und umwickelte sich mit einem großen grauen Laken wie mit einem Bettlertuch ein. Die Haare bestreute er sich mit rußiger Asche, den Glanz der Schuh zerkratzte er mit scharfen Steinen.

Als Bettler verkleidet begab er sich in die Stadt, um an diesem heißen Tag eine große Portion Eis zu verspeisen. Zur gleichen Zeit machte sich ein Löwe als König der Wüste auf denselben Weg, auf den Weg in die Stadt zum einzigen Eisgeschäft im ganzen Königreich.

Und zu guter Letzt hatte der Fuchs, der König des Waldes, die gleiche Idee. Er mochte keine Hasen oder Mäuse fressen, es gab nur eine Sache, die er mochte: Eis! Und so lief er wie die anderen zum einzigen Eisgeschäft im Königreich. Da die Drei zur selben Zeit dieselbe Idee hatten, erreichten sie zur selben Zeit das Eisgeschäft und gingen im selben Augenblick durch die Tür.

Ungewöhnlich war, dass die Tür des Eisgeschäftes breit genug für einen dicken, runden König, einen gewaltigen Löwen und einen Fuchs war. Aber sie war es.

An diesem heißen Tag hatten bereits viele andere die Idee vom Eisessen gehabt. Es war nur noch eine kleine, rote Erdbeerkugel übrig geblieben. Der Eisverkäufer überlegte, wem er die letzte Kugel geben sollte.

Alle drei waren gleichzeitig ins Geschäft gekommen, es gab keinen Ersten, es gab keinen Letzten.

Gib mir die Kugel, sagte der dicke, runde König. Ich bin der König des Landes.

Dabei vergaß er, dass er sich als Bettler verkleidet hatte. Der Eisverkäufer musste schallend lachen und rief:

Wo ist deine Krone? Wo steckt dein königliches Gewand? Du Fass von einem Prahlhans.

Gib mir die Krone, brüllte der Löwe, ich bin der König der Wüste!

Der Eisverkäufer blickte durch das Fenster nach draußen. Am Ende seiner Blicke begann die ewig heiße Sandwüste.

Die Wüste sehe ich wohl, sagte er, aber ich sehe keinen Palast in der Wüste. Wo es keinen Palast gibt, gibt es auch keinen König. Ein König besitzt immer ein Schloss und eine Wüste ohne ein Schloss hat auch keinen König.

Gib mir die Eiskugel, rief der Fuchs, in der Nacht bin ich der König des Waldes.

Ein König ist immer ein König, lachte der Eisverkäufer, ob er in der Badewanne sitzt, eine Zeitung kauft oder sich die Haare schneiden lässt. Ob es morgens oder abends, am Tage oder in der Nacht ist. Wer nur nachts ein König ist, ist kein richtiger König.

Die vier stritten eine Zeitlang über die letzte Eiskugel, da ertönte die Klingel der Ladentür und ein kleiner Junge kam hinein. Dicke Tränen rollten seine Wangen hinab. Er schluchzte und weinte ohne Unterlass, gleich einem Wasserfall vom höchsten Berg der Erde.

Es gibt nichts Traurigeres als ein weinendes Kind, sagte der Fuchs und begann ebenfalls zu weinen. Auch dem Löwen und dem verkleideten König überkam das Mitleid, dicke salzige Tränen rollten über die struppige Wange des Löwen und die speckigen Falten des dicken Königs.

Allein der Eisverkäufer behielt einen trockenen und kühlen Kopf und erkundigte sich beim Jungen über die Ursache seiner Trauer. Bald war festgestellt, dass der Junge einen runden Taler verloren hatte, mit dem er sich eine Eiskugel kaufen wollte. Der verkleidete König griff in seine Tasche und holte einen Groschen hervor, beim Löwen fand sich noch ein Sechser und der Fuchs besaß noch einen Pfennig. Ungewöhnlich, dass die drei Könige mit so wenig Geld zum Eisessen gegangen waren. Aber als Könige bekamen sie immer alles umsonst, sie zahlten mit ihrem Namen oder mit der Krone auf ihrem Kopf, das war viel wertvoller und einfacher, als Geld mit sich herumzuschleppen.

Eine Erdbeerkugel bitte, sagten die Drei und legten das Geld auf den Tisch.

Der Eisverkäufer holte die letzte Erdbeerkugel aus dem kühlen Eisfach und drückte sie in eine köstlich duftende, frische Waffeltüte. Der verkleidete König fasste die Eistüte ganz unten an, der Löwe hielt sie in der Mitte fest und der Fuchs umklammerte ihren oberen Rand.

Für dich, sagte der Löwe und die Drei gaben dem Jungen die Eistüte.

Sofort versiegte das Weinen und verwandelte sich in ein frohes Lachen.

Ihr seid nett!, rief der Junge. Jeder von auch darf einmal lecken.

Der König schlürfte mit seiner dicken Zunge über das Eis, danach fehlte ein gehöriges Stück. Jetzt strich der Löwe mit seiner gewaltigen Zunge über die Eiskugel, und die Hälfte davon verschwand in seinem Rachen. Nun war lediglich ein kleiner Rest übriggeblieben und der Fuchs, voll des Anstands und der Situation bewusst, brach sich nur ein winziges Stück der Waffel mit seinen Zähnen ab.

Schnell verzehrte der Junge den Rest der Eistüte. Jeder hatte ein Stück genossen.

Am nächsten Tag, wenn es so heiß wie heute ist, müssen wir früher in die Stadt, bevor alles Eis verkauft ist, rief der Löwe.

Die drei Könige verschwanden wieder, jeder in sein Reich. Der verkleidete König kehrte in sein Schloss zurück und träumte mit einer Krone auf seinem Haupt von Eiskugeln. Der Löwe verschwand in der Wüste und suchte nach einem Schloss und der Fuchs zog sich in den Wald zurück, um auch am Tage König des Waldes zu werden.

Der kleine Junge aber lief nach draußen auf die Straße. Doch er suchte nicht weiter nach dem verlorenen Taler. Bestimmt würden am nächsten Tag die drei Könige wieder im Geschäft sein und ihm eine dicke, runde, rote Erdbeerkugel kaufen.

# 2

In jedem Jahr kam ein Circus in das Reich des großen Königs. Mit dem Circus kam viel fahrendes Volk in die Stadt: Sänger und Gaukler, Vagabunden und Landstreicher, Barbiere und Zauberer. Sogar ein Prahlhans war unter dem fahrenden Volk. Der König rief alle als Gäste auf sein Schloss und für drei Tage herrschte im Palast ein fröhliches, lautes Treiben.

Am zweiten Abend war es sehr spät geworden und der König erlaubte jedem, im Schloss zu übernachten. Da der König viel Wein getrunken hatte, waren seine Zunge locker und seine Gedanken nicht mehr so klar wie vorher.

Mit lauter, lallender Zunge rief er:

Ich zähle bis drei und bei drei muss jeder dort schlafen, wo er gerade steht. Eins, zwei und die allerletzte, beste, lustigste, wichtigste, rundeste, schönste...

Der König blickte auf seine Gäste, die überall bequeme Plätze zum Schlafen erhaschen wollten; und weil das Treiben lustig und wild durcheinanderlief, ersann er immer neue Worte, bevor er die letzte Zahl Drei aussprach.

Endlich wusste er kein neues Wort mehr und sagte: Die nächste Zahl heißt drei!

Im selben Augenblick war jeder an dem Platz eingeschlafen, wo er gerade gestanden hatte: der Barbier auf dem Tisch, ein Vagabund unter dem Tisch, ein Gaukler schlief auf dem Fensterbrett, ein Artist auf dem Kleiderschrank. Alle schliefen, außer der König und der Prahlhans.

Der Prahlhans war ein lustiger Geselle, dem lange, silberne Haare bis zum Hosenbund hinunterhingen.

Der König winkte ihn zu sich:

Lässt du dir nie die Haare schneiden?, fragte er.

Ich will dir eine Gegenfrage stellen, erwiderte der Prahlhans. Würdest du dir gerne ein Bein abschneiden lassen?

Niemals! rief der König und dachte an die Schmerzen, wenn man ein Bein abgeschnitten bekommt.

Der Prahlhans aber machte einen Luftsprung, landete auf den Händen, vollführte einen Handstand und nahm plötzlich beide Hände vom Erdboden. Der König staunte, denn auf einmal stand der Prahlhans nicht mehr auf seinen Händen, auch nicht auf seinem Kopf, sondern auf seinen langen silbernen Haaren, die wie Stelzen eines Storches wirkten.

ich will dir ein geheimnis verraten,
aber zwei goldtaler müsste es dir wert sein.

Was sagst du?, fragte der König, denn er konnte den Prahlhans nicht verstehen, weil dieser auf dem Kopf stand und deshalb auch die Wörter verkehrtherum standen.

stell dich auf
den Kopf, dann können wir uns unterhalten!
rief der Prahlhans.

Nach etlichen Versuchen gelang es dem König, einigermaßen auf dem Kopf zu stehen.
Ich will dir ein Geheimnis verraten, aber zwei Goldstücke müsste es dir wert sein, wiederholte der Prahlhans.
Der König kramte zwei Goldstücke aus seinem Lederbeutel hervor.
Gut, sagte der Prahlhans, ich habe ein altes, sehr geheimnisvolles Buch gefunden. Darin las ich, wie man die Gedanken eines anderen fangen und erraten kann.
Der König wurde neugierig:

Erzähl!, befahl er, denn Gedanken fangen und erraten, davon hatte er noch nie gehört.

Ich kann mich zwischen zwei Menschen stellen, die sich nur durch ihre Gedanken verständigen. Dann schüttele ich meinen Kopf mit den vielen langen Haaren und die Gedanken verstricken sich in ihnen wie in einem Fischernetz. Auf diese Weise habe ich die Gedanken mit meinen Haaren gefangen und von dort bis in den Kopf hinein ist es ein kurzer Weg. Der König war erstaunt. Er rüttelte zwei schlafende Diener wach und flüsterte ihnen etwas ins Ohr. Nachdem der König fertig war, hielten sich beide Diener die Hände vor die Ohren, damit kein Wort herausfiel, und stellten sich dann ungefähr fünf Meter voneinander entfernt gegenüber.

Meine Diener werden sich jetzt durch ihre Gedanken verständigen und du wirst erraten, woran sie denken, oder dein strubbeliger Haarschopf hängt am höchsten Baum meines Reiches.

Die beiden Diener standen sich gegenüber und warfen sich müde Blicke zu. Der Prahlhans aber begab sich in ihre Mitte und sprang aufgeregt im Kreis herum, dass sein Haarschopf wild durch die Luft wirbelte.

Plötzlich blieb er stehen und bewegte vorsichtig den Kopf hin und her.

Noch keine Gedanken drin!, rief er und sprang wieder wild durch die Luft.

Dabei sah er bald dem einen, bald dem anderen Diener scharf in die Augen.

Genug!, befahl der König, jetzt sag die Gedanken, die du gefangen hast.

Deine Diener machen sich Gedanken, wo der König heute Nacht schläft, rief der Prahlhans und blickte dabei auf den Thronsessel.

Dort war ein kleiner Gauklerjunge eingeschlafen und tatsächlich hatte der König seinen Dienern ins Ohr geflüstert, sie sollten sich Gedanken machen, wo er in der Nacht ruhen konnte, weil doch ein Gauklerjunge auf dem Thron schlief.

Verrate mir, wie ich dieses Kunststück erlerne, Gedanken fangen und erraten?

Der Prahlhans beugte sich zum König und flüsterte ihm geheimnisvolle Worte ins Ohr.

Seit diesen Tagen ließ sich der König nie mehr die Haare schneiden und rieb sie jeden Tag mit einer glitzernden, silbernen Paste ein. Bald wuchsen sie unter der schweren Goldkrone hervor und wurden länger und länger. Die Kinder des Landes, die den dicken, runden König mit seiner schweren Krone sahen, wie ihm die strubbeligen Haare bis auf die Schulter hingen, lachten und riefen insgeheim, wenn der König weit genug entfernt war:

Zottelkönig, Zottelkönig!

Der Zottelkönig aber dachte:

Wartet nur, bis ich silberne Haare habe, die bis zum Hosenbund reichen. Dann werde ich alle eure Gedanken fangen und erraten. Und wehe, jemand denkt etwas Schlechtes über mich.

# 3

Als die Untertanen merkten, dass sich der König nicht mehr die Haare schneiden ließ, ging bald keiner von ihnen mehr zum Friseur. Die Zunft der Barbiere und Haareschneider wurde arbeitslos und viele mussten ihr Geschäft schließen.

Erbost lief der Oberste der Friseure zum König:

Niemand lässt sich die Haare schneiden! Wovon sollen wir leben, wenn nicht von abgeschnittenen Haaren?

Der Zottelkönig überlegte und mit einem Mal durchfuhr ihn ein schlimmer Gedanke. Vielleicht hatte der Prahlhans noch anderen das Geheimnis verraten, wie man Gedanken fangen und erraten kann. Und deshalb wollte sich niemand mehr die Haare schneiden lassen.

Euer Wunsch soll erfüllt werden!, rief der König und sah auf den obersten seiner Friseure hinab.

Ich erlasse ab sofort ein Gesetz, dass niemand in meinem Land, ob Frau oder Mann, Junge oder Mädchen, Haare tragen darf, die länger als bis zum Ohr reichen.

Der oberste Friseur freute sich riesig. Er witterte die Chance seines Lebens und sah schon die vielen Goldtaler in seiner Kasse klingeln. Aber er hatte noch nicht genug.

Und die Tiere?, fragte er den Zottelkönig. Denk nur an die zotteligen Schafe und Hunde. Wieder überlegte der König. Vielleicht hatte der Prahlhans auch den Tieren das Geheimnis verraten. Die Vorstellung, dass ein Hund die Gedanken des Königs fangen und erraten könnte, schmeckte dem Zottelkönig überhaupt nicht.

Dieses Gesetz gilt für alle!, befahl er, auch für Schafe, Hunde, Ziegen, Katzen, Fliegen, Ameisen, Blumen, Steine. Einfach für alle! Der oberste der Friseure stutzte. So viele Goldtaler wollte er nun auch nicht verdienen. Und überhaupt, wie schneidet man Fliegen, Ameisen, Blumen oder Steinen die Haare? Sicherheitshalber schwieg er, um den König nicht zu verärgern und rieb sich die Hände. Jetzt konnte er trotzdem noch mehr Geld verdienen, weil sich auch Hunde und Katzen die Haare schneiden lassen mussten.

Die Soldaten des Königs ritten durchs Land und verkündeten den majestätischen Befehl. Bald schossen die Friseurläden wie Pilze aus dem Boden und jeder, der nur irgendwie in der Lage war, eine Schere zu halten, wurde Barbier oder Haareabschneider.

Der Prahlhans aber eilte, um das Reich des Zottelkönigs zu verlassen. Bis jetzt hatte er sich ausreden können, er sei ein fremder Bürger. Doch als der König davon erfuhr, erließ er schnell ein Zusatzgesetz:

Das gleiche gilt für alle fremden Bürger des Landes, riefen die Soldaten des Königs, auch für fremde Hunde und Katzen, alle müssen sich die Haare bis zu den Ohren abschneiden lassen!

Dem Prahlhans blieb nichts anderes übrig, als das Reich des Zottelkönigs zu verlassen. Einige folgten ihm, andere versuchten, ihre langen Haare unter Perücken oder Mützen und Hüten zu verstecken. Im Land gab es Weinen und Wehklagen, die Königin und ihre Dienerinnen jammerten von morgens bis abends, die Frauen und Mädchen schimpften und zeterten und viele junge Burschen weinten, als sie sich mit kurzen Haaren im Spiegel betrachteten. Bald gab es kein Land mehr, in dem weniger Haare auf den Köpfen der Bewohner hingen. Das alles kümmerte den Zottelkönig wenig. Allein das Weinen der Kinder erregte ein bisschen Mitleid seines großen, runden, dicken Herzens:

Für die Kinder soll ein goldener Spielplatz gebaut werden, befahl der König, direkt unter dem Fenster meines Gemaches, damit ich mich an ihrem Lachen erfreuen kann.

Die Kinder erhielten ihren goldenen Spielplatz direkt unter dem Fenster des königlichen Gemaches. Der Zottelkönig aber stand jeden Morgen ungeduldig vor dem Spiegel, hatte eine Messlatte in der Hand und wartete, dass seine silbernen Haare bis zum Hosenbund hinunterreichten.

# 4

In den Ferien waren viele Kinder auf dem goldenen Spielplatz. Eine beliebte Beschäftigung bei ihnen war das Räuber- und Gendarmspiel.

Einen Räuber mit kurzen Haaren gibt es nicht!, riefen einige Jungs.

Da war guter Rat teuer, bis eines der Kinder einen dicken schwarzen Stift hervorholte. Dem Räuber wurden lange schwarze Haare angemalt, bis auf die Schulter hinunter.

Die anderen Kinder konnten sich nicht zurückhalten und riefen:

Zottelkönig, Zottelkönig!

Womit sie aber den angemalten Räuber meinten. Oben im Schloss stand der König und betrachtete seine langen Haare.

Zottelkönig, Zottelkönig!, riefen die Kinder, lachten und tollten durcheinander beim Räuber- und Gendarmspiel.

Na wartet, schimpfte der König, denn er dachte, die Kinder meinten ihn. Er schickte seine Diener auf den Schlosshof, um die Kinder vom goldenen Spielplatz verjagen zu lassen. Der Spielplatz wurde umgebaut und als Parkplatz für die prunkvollen Kutschen des Königs hergerichtet. Dann beriet sich der König mit seinen weisen Ratgebern.

Du musst das Wort Zottel verbieten lassen, riet der Erste.

Steck jeden eine Woche ins Gefängnis, der es ausspricht, sagte der Zweite.

Erfinde ein anderes Wort, das ähnlich klingt, riet der Dritte. Vielleicht mottel oder tottel, bottel oder hottel.

Oder noddel, sagte der vierte Weise. Nenn es einfach noddel.

Sehr gut!, rief der Zottelkönig und erließ ein neues Gesetz. Niemand durfte länger das Wort Zottel aussprechen. Wer es dennoch tat, landete für eine Woche im Gefängnis. Stattdessen sollte das neue Wort noddel gebraucht werden.

Und wer das alte Wort Zottel denkt, den stecke ich ebenfalls ins Gefängnis, dachte der Noddelkönig, denn bald werden meine Haare bis zum Hosenbund reichen, und ich kann die Gedanken der Menschen fangen und erraten.

Die Soldaten brachten den neuen Aufruf des Königs ins Land. Wer früher sagen wollte:

Das ist ein zotteliger Hund,
der sprach jetzt:

Das ist ein noddeliger Hund.

Wer früher seine Schwester eine Zottelliese rief, der musste jetzt Noddelliese rufen. Dem

König gefiel das neue Wort außerordentlich gut, besonders wenn er sein Gesicht im Spiegel sah. Wieder beriet er sich mit seinen Weisen und erlies ein Zusatzgesetz. Vor jedem Wort, das mit einem großen Buchstaben anfängt, sollte das Wort Noddel stehen. Jetzt hieß es nicht mehr Schloss sondern Noddelschloss, nicht mehr Kinder sondern Noddelkinder, nicht mehr Spielplatz sondern Noddelspielplatz. Wenn jemand sagen wollte, die Kinder sind auf dem Spielplatz vor dem Schloss, musste er es auf die folgende Weise ausdrücken:

Die Noddelkinder sind auf dem Noddelspielplatz vor dem Noddelschloss.

Der Noddelkönig hörte es gern, wenn seine Untertanen in der neuen Sprache redeten.

Endlich haben wir eine eigene Sprache, sagte er stolz, eine Sprache, die zum Aussehen des Königs passt. Welch anderer Herrscher kann sich damit brüsten, in seinem Land eine Sprache zu haben, die zu seinem Aussehen passt.

# 5

Hätte ich früher gewusst, wie sich die Geschichte mit dem großen König im kleinen Land am Rande der heißen Wüste entwickeln würde, hätte sie anders angefangen:

In einem kleinen Noddelland am Noddelrand der heißen Noddelwüste lebte einmal ein großer Noddelkönig...

Eine sehr unbequeme Sprache für einen Geschichtenerzähler, allein in zwei Zeilen muss man zusätzlich viermal das neue Wort Noddel schreiben. Was für ein Zeitaufwand, welch unnötiger Verbrauch an Tinte und Papier, welch eine Beanspruchung für Leser und Zuhörer, die sich an die neue Sprache gewöhnen müssen, was für eine unnötige Arbeit für Zunge, Augen und Ohren beim Lesen, Sprechen und Zuhören. Aber wenn man als Geschichtenerzähler Gast in einem Land ist, selbst im ungewöhnlichen Land des Noddelkönigs, muss man sich den Gepflogenheiten anpassen. Auch wenn man dadurch viel mehr Wörter schreiben muss als vorher, viel mehr teures Papier und Tinte verbraucht und nur für ein und dasselbe Wort, für das Wort Noddel aus dem Noddelland des Noddelkönigs.

# 6

Die Menschen brauchten ein wenig Zeit, um sich an die neue Sprache zu gewöhnen. Die Kinder, die ihren goldenen Spielplatz verloren hatten, suchten sich einen neuen, einen ohne Gold, aber dafür mit vielen Bäumen und Wiesen.

Grün ist das Gold der Natur, lachte der König, als er von dem neuen Spielplatz der Kinder hörte. Nach einer Woche verkündigte er, dass die Umgewöhnungszeit für die neue Sprache vorbei sei. Fortan durfte kein Wort, das mit einem großen Anfangsbuchstaben begann, geschrieben oder gesprochen werden, ohne dass davor das Wort Noddel stand.

Wieviel Noddelgeld habe ich in meiner Noddelschatzkammer?, fragte der Noddelkönig. Der Noddelschatzmeister eilte herbei und sagte ein wenig kleinlaut:

Keines mehr!

Der Noddelkönig war entsetzt. Seine goldene Krone begann zu wackeln. Sie saß auf einem Turm aus Geld und nun war dieser Turm spurlos verschwunden. Er dachte kurz nach und blickte grimmig auf seine Ratgeber.

Dann werde ich mir von den Noddelkindern ihr Noddeltaschengeld leihen, verkündigte der

Noddelkönig, schließlich habe ich viel Noddelgeld ausgegeben, um ihren Noddelspielplatz zu bauen. Die Noddelsoldaten ritten durchs Noddelland und sammelten überall das Noddelgeld der Noddelkinder ein. Dafür erhielten sie wertloses weißes Noddelpapier, auf dem einige wertlose schwarze Noddelzahlen standen. Bald war der Noddelkönig wieder reich und erließ ein neues Noddelgesetz:

Das einzige Noddeleisgeschäft wird sofort geschlossen und im königlichen Noddelpalast wieder eröffnet!

Aber die Noddelkinder?, fragte ein Noddelratgeber, wo sollen sie ihr Noddeleis kaufen?

Die Noddelkinder haben kein Noddeltaschengeld mehr. Wenn sie kein Noddelgeld haben, brauchen sie kein Noddeleisgeschäft, entschied der Noddelkönig.

Der Noddelschreiber war ein sehr fauler Geselle und weigerte sich, den zweiten Noddelbefehl zu schreiben. Nicht aus Noddelmitleid für die Noddelkinder, sondern weil ihm der Noddelbefehl wegen des Wortes Noddel viel zu lang war. Deshalb lief er zum Noddelkönig.

Ehrwürdiger durchlauchtigster Noddelkönig!, begann er ziemlich hochtrabend seine Noddelworte, welch ein fürstliches Wort steht vor Deinem Namen! Das erhabene, glorreiche, siegreiche, kaiserliche, prunkvolle, gebieterische Wort Noddel. Wie kann es angehen, dass solch ein erhabenes Wort, das Deinen Namen ziert, auch vor so nichtigen Dingen wie Spielplatz, Eisgeschäft, Ball, Straße und vielen anderen Wörtern steht?

Der Noddelkönig überlegte. War es eine Ehre oder war es keine Ehre, war es gut oder war es schlecht, dass dasselbe Wort gleichzeitig vor dem Namen des Königs und vielen nichtigen Dingen stand?

Der königliche Noddelschreiber bohrte weiter und gab ein anderes Noddelbeispiel.

Überlege einmal: wenn ein Noddelhund über den Noddelbürgersteig läuft und dort sein Geschäft verrichtet....

Noddelgeschäft, verbesserte ihn der Noddel-könig unwirsch, du hast das Wort Noddel bereits vorhin einige Male vergessen.

Noddelverzeihung, korrigierte sich der Noddelschreiber und machte eine tiefe Noddel-verbeugung. Also! Der Noddelhund läuft über den Noddelbürgersteig und verrichtet dort sein Noddelgeschäft. Dann kommt ein königlicher Noddelstraßenfeger und räumt das ganze weg. Dabei flucht er und sagt nicht etwa Hundedreck, sondern Noddelhundedreck.

Der Noddelkönig überlegte wieder. Das leuchtete ein. Warum sollte dasselbe Wort vor seinem Namen und vor dem Geschäft eines Hundes, dem Hundedreck, stehen? Noddelkönig und Noddelhundedreck!

Sofort erließ er ein neues Gesetz. Von jetzt ab durfte das Wort Noddel nur noch für den König und für königliche Dinge gebraucht werden. Im Übrigen wurde das alte Wort Zottel wieder eingesetzt. Der noddlige Hund wurde wieder ein zottliger Hund, die Noddelliese wieder eine Zottelliese.

Die Untertanen des Noddelkönigs verstanden die Änderung nicht ganz. Viele jedoch freuten sich, dass der neumodische, königliche Noddelkram durch die alte Sprache ersetzt wurde. Böse Zungen behaupteten, dass der Noddelkönig äußerlich einen Unterschied machen wollte, wo es keinen gab. Die Steine im Schloss hießen weiterhin Noddelsteine, während die gemeinen Steine im Lande einfach Steine hießen. Die königliche Toilette war eine Noddeltoilette, die anderen hießen schlicht und einfach Toiletten.

Wo ist der Unterschied, dachten die Untertanen, ob ein Noddelkönig über Noddelsteine läuft oder ob einer seiner Untertanen über Steine läuft? Wo ist ein

Unterschied, wenn der Noddelkönig auf die Noddeltoilette geht oder wenn einer seiner Untertanen die Toilette aufsucht?

Diese Gedanken konnte der Noddelkönig nicht erraten, noch nicht, denn seine silbernen Haare waren noch nicht bis zum Hosenbund gewachsen. Aber er spürte den Unmut seiner Untertanen über das neue Noddelgesetz und dachte bei sich:

Wartet nur, bis der Noddelkönig eure Gedanken fangen und erraten kann. Dann stecke ich alle diese Gedanken in das königliche Noddelgefängnis.

# 7

Der einzige Zufriedene war der Schreiber des Noddelkönigs. Anstelle des umständlichen, langen Satzes:

Das Noddeleisgeschäft in der Noddelstadt ist sofort zu schließen. Es wird im königlichen Noddelpalast neu errichtet, schrieb er einfach:

Das Eisgeschäft wird aus Stadt in Noddelpalast verlegt.

Zugegeben, auch ich war froh über die Änderung, denn seitdem brauche ich viel seltener dieses umständliche Noddelwort zu schreiben und kann trotzdem weiter im Land des Noddelkönigs verweilen.

## 8

In jedem Jahr gab es am Ende des Festes eine Verlosung. Für dieses Jahr hatte sich der Noddelkönig etwas Besonderes ausgedacht. Jeder durfte an der Verlosung teilnehmen, ob Kind oder Greis, Mann oder Frau. Sogar die Tiere des Landes waren zugelassen. Der Hauptpreis wurde nicht verraten, doch es war längst ein offenes Geheimnis. Wer den Hauptgewinn zog, durfte uneingeschränkt eine Woche als König des Landes herrschen. Doch der Noddelkönig war nicht dumm und hatte außerdem kluge Ratgeber. Zwar fand die Verlosung öffentlich statt, in einer großen, runden Wahlurne lagen eintausendsechshundertachtzig Zettel mit den Namen derer, die an der Verlosung teilnehmen wollten. Doch hatten die klugen Ratgeber dafür gesorgt, dass auf der Hälfte der Zettel der Name des Noddelkönigs stand.

Als der große Augenblick der Ziehung kam, schritt die Prinzessin mit verbundenen Augen an die Wahltrommel und zog einen kleinen Zettel heraus.

Der Noddelstatthalter des Noddelkönigs nahm ihn entgegen, öffnete das Papier und rief verdutzt:

Gewonnen hat der Zottelhund des Fleischermeisters! Der Hund heißt: Brutos II.

Ein lautes Stöhnen ging durch die Reihen. Sollte das Noddelreich wirklich eine Woche lang von einem Hund regiert werden?

Ein Bote wurde zu dem Fleischermeister geschickt, doch kehrte er bald mit einem zur Hälfte traurigem, zur Hälfte fröhlichem Gesicht zurück:

Ehrenwerter Noddelkönig, verehrte Gäste, sagte der Bote, der untertänigste Fleischermeister lässt allen mitteilen, dass sein Hund Bruto II vor einer Stunde gestorben ist. Vermutlich an zu viel Wurst und Fleisch überfressen.

Ein erleichtertes Aufatmen zog sich durch die königliche Gesellschaft. Die Noddelprinzessin trat ein zweites Mal an die Wahlurne und zog einen neuen Zettel. Nachdem der Noddelstatthalter ihn geöffnet hatte, blickte er noch erstaunter:

Gewonnen hat der Hase Langohr aus dem Eichenwald!

Der Noddelkönig sah verärgert auf seine klugen Ratgeber hinab. Zum zweiten Mal wurde nicht sein Name gezogen und einen Hasen, vielleicht sogar einen Angsthasen, auf einem Noddeltrohn mag es zwar im Märchen geben, nicht aber im wundersamen Lande des Noddelkönigs. Der nächste Bote wurde ausgeschickt, noch an der Tür stieß er mit dem Jäger zusammen, der eben von der Pirsch zurückkam. Auf der Jagd hatte er zwanzig Hasen für das festliche Abendessen geschossen. Zu allem Leidwesen war der Hase Langohr aus dem Eichenwald darunter und so landete der Hase nicht auf dem königlichen Noddelthron, sondern als Braten auf der königlichen Noddeltafel.

Ein drittes Mal schritt die Prinzessin zur Wahlurne. Der Noddelstatthalter nahm den Zettel entgegen und las mit versteinerter Miene:

Gewonnen hat der siebenjährige Sohn des Bäckermeisters mit Namen Mugu!

Erneut ging ein befremdendes Flüstern durch die Menge. Doch zu ändern gab es nichts mehr. Der Noddelkönig stieg von seinem Noddelthron und Mugu, der siebenjährige Bäckerjunge setzte sich darauf. Mit Krone und Zepter sah er auf die Anwesenden hinab und erlaubte ihnen, Fragen zu stellen.

Wen werden Sie zu ihrem Noddelratgeber machen?, fragte eine aufgeregte Dame.

Ratgeber!, verbesserte der kleine Mugu. Mir ist das Wort Noddel nicht so wichtig. Sagen Sie einfach Ratgeber!

Wen wollen Sie zu ihrem Ratgeber machen?, wiederholte die aufgeregte ältere Dame ihre Frage.

Mugu, der neue König im Noddelland antwortete:

Ich habe zwei Freunde und eine Freundin. Außerdem gehören mir ein Pferd, ein Hund, zwei Katzen, ein Papagei und ein Meerschweinchen. Meine beiden Freunde werden Ratgeber, meine Freundin wird Königin, das Pferd Feldmarschall, der Hund General, die beiden Katzen werden königliche Hofnarren, der Papagei wird Statthalter und das Meerschweinchen oberster Schlossdiener.

Und was wird aus uns?, riefen die alten Untertanen und Diener des Noddelkönigs.

Auch der Noddelkönig blickte fragend in die Runde.

Das wird sich finden, antwortete Mugu, der neue Einwochenkönig im Noddelreich. Erst einmal feiern wir das Fest zu Ende und morgen fange ich an, zu regieren.

# 9

Am nächsten Tag begann der kleine Mugu für eine Woche über das Land des Noddelkönigs zu herrschen. Er schickte den Eisverkäufer in den Urlaub, stattdessen musste der Noddelkönig eine Woche lang Eis verkaufen, durfte selbst aber keines essen. Der Papagei als neuer Statthalter hatte Bedenken, ob sich der Noddelkönig an das Verbot halten würde.

Kleb dem Noddelkönig ein Pflaster auf den Mund, riet der Papagei. Morgens wenn er aufwacht, wird es aufgeklebt und abends, wenn er eingeschlafen ist, ziehen wir es ab.

Gut, sagte Mugu, aber wann soll der Noddelkönig essen? Wie soll er sich die Zähne putzen?

Der Noddelkönig kann eine Woche fasten! antwortete der Papagei. Er ist dick und rund genug. Und wer nicht isst, braucht sich auch nicht die Zähne zu putzen.

So kam es, dass der alte Noddelkönig sieben Tage in seinem eigenen Palast stand, von morgens bis abends Eis verkaufte mit einem breiten braunen Pflaster auf seinem Mund. Die Frau des Noddelkönigs musste eine Woche lang von morgens bis abends die neue Königin einkleiden und mit den buntesten Farben schminken. Die alten Diener wurden ausgeschickt, für den neuen obersten Diener, dem Meerschweinchen, die zartesten, köstlichsten Salatblätter zu sammeln.

Und was machen wir mit dem alten Feldmarschall, dem alten General und seinen Soldaten?, fragten die beiden Ratgeber den neuen König Mugu.

Der Feldmarschall bekam den Auftrag, sich sieben Tage lang neue Kinderspiele auszudenken. Der General musste alle Spielplätze des Landes überprüfen, ob die Schaukeln wild genug, die Rutschen hoch und glatt genug, die Sandkästen sauber genug waren. Die Soldaten bekamen die Arbeit, im ganzen Land die Stellplätze der Kutschen abzureißen und stattdessen Spiel-plätze für Kinder herzurichten. Mugu aber und seine Ratgeber gingen wie an jedem Tag vormittags in die Schule, nur dass der Bäckerjunge jetzt eine Krone trug, kehrten am Nachmittag in das Schloss zurück und veranstalteten königliche Feste.

Hinter dem Ladentisch des Eisgeschäftes stand mit grimmigen Blicken der alte Noddelkönig:

Wenn ich erst ihre Gedanken lesen könnte, murmelte er, wenn ich nur wüsste, was Mugu noch vorhat!

Dabei dachte der Noddelkönig an den Prahlhans, der ihm versprochen hatte, sobald seine Haare bis zum Hosenbund reichten, würde er die Gedanken anderer fangen und erraten können. Noch immer fehlten fünf Zentimeter. Aber dem Noddelkönig kam ein glänzender Einfall. Wenn die Haare nicht weit genug nach unten reichen, werde ich den Hosenbund höher ziehen. Das war keine Schwierigkeit, denn durch das Pflaster auf seinem Mund war der Noddelkönig sehr mager geworden.

# 10

Der Noddelkönig schaffte es, seinen Hosenbund so weit hochzuziehen, dass er die Haarspitzen berührte.

Jetzt werde ich ausprobieren, ob der Prahlhans Recht hat, ob ich wirklich die Gedanken fangen und erraten kann, wenn meine Haarspitzen bis zum Hosenbund reichen.

Er bat um eine Audienz beim neuen König und sagte:

Lieber Mugu, Herrscher über das Noddelland für eine Woche, ich möchte dir als Zeichen der Ehrerbietung einen Tanz aufführen.

Hast du schon alle Eiskugeln verkauft, dass du Zeit zum Tanzen hast?, fragte der kleine König Mugu.

Nein, erwiderte der alte Noddelkönig, aber niemand wollte mehr kaufen. Deshalb schloss ich den Laden früher als gewöhnlich, bringe Dir das Geld, das ich heute eingenommen habe und dazu einen großen Becher Erdbeereis.

Nun gut, murmelte der kleine Mugu und begann, das Erdbeereis zu löffeln. Doch eile dich mit deinem Tanz, ich habe wichtigere Dinge zu tun, als einem alten König beim Tanzen zuzuschauen.

Die Musik erklang und der Noddelkönig fing an, sich in wilden Bewegungen zu drehen. Seine silbernen Haare flogen durch die Luft und der alte Noddelkönig horchte und fühlte in sie hinein, ob sich schon einige von Mugus Gedanken in seinem silbernen Haarschopf verfangen hatten.

Da begann es mächtig zu zwicken und bald rasselte es erst in den Haaren, dann im Kopf des alten Königs. Plötzlich hatte er die Gedanken des kleinen Mugu gefangen und erraten. Er wusste nicht wie, aber der Trick des Prahlhans' hatte funktioniert. Das waren die Gedanken:

Der kleine Mugu dachte über einen Befehl nach, dem Noddelkönig die silbernen Haare bis zu den Ohren abschneiden zu lassen, wie er es bei den Anderen getan hatte.

Der alte Noddelkönig erschrak, als er die Gedanken des Jungen erraten hatte.

Ich muss fliehen, dachte er. Lieber gebe ich für immer meinen Noddelthron auf als meine langen Haare und die Kunst, damit Gedanken einzufangen.

Genug!, rief der kleine Mugu, für heute habe ich von deinem Tanzen genug. Morgen gibt es eine Überraschung für dich, eine Überraschung für den alten Noddelkönig.

Am nächsten Morgen, als der kleine Mugu den Befehl erteilte, dem alten Noddelkönig die langen Haare abzuschneiden, war dieser längst über alle Berge in ein anderes Land geflohen. Unter einem neuen Herrscher geht es einigen besser, anderen schlechter, doch den alten Herrschern geht es fast immer schlechter als vorher. Die einwöchige Regierungszeit des kleinen Mugu ging zu Ende, allein der alte Noddelkönig traute sich nicht in sein Reich zurück. Weil sich niemand fand, der regieren wollte, blieb der junge König auf dem Thron. Mit der Zeit mehrten sich die Stimmen, die den alten Noddelkönig wiederhaben wollten. So kam es gerade zur rechten Zeit, dass ein Bote des Nachbarlandes vor den kleinen Mugu trat. Ein Streit von außen schlichtet oft einen Streit von innen, und die Nachricht des Boten, dass der Nachbarkönig einen Krieg forderte, kam für den Streit von innen gerade recht.

Der kleinen Mugu hatte noch nie Krieg geführt, seine beiden Ratgeber besaßen allenfalls Erfahrung im Räuber- und Gendarmspiel, der alte Feldmarschall hatte inzwischen die Kriegskunst vergessen und der neue, Mugus Pferd, verstand von alldem nichts. Im ganzen Noddelland verstand niemand etwas vom Kriegführen, doch schon näherten sich die feindlichen Reiter dem Noddelschloss.

Holt den Feldmarschall!, befahl Mugu.

# 11

Sofort setzten sich zwei eilfertige Diener in Bewegung, um Mugus Pferd, den Feldmarschall, zu holen.

Was befiehlt mein Herrscher?, wieherte der schwarze Hengst, als er vor dem kleinen König Mugu stand.

Es gibt Krieg, antwortete Mugu traurig. Du und deine Offiziere, ihr müsst das Noddelland mit der Schlossburg verteidigen.

Ich war nie im Krieg, erwiderte das Pferd. Früher habe ich Wagen vollbeladen mit Mehl und Getreidesäcken gezogen und dann hast du mich zum Feldmarschall ernannt. Wann und wie sollte ich Krieg führen lernen.

Wo sind die Offiziere des Noddelkönigs, die dir unterstehen?, erkundigte sich Mugu, denn der Pferdfeldmarschall war allein vor dem König erschienen.

Sie haben sich versteckt, wieherte der schwarze Hengst. Mit einem König und Feldmarschall an der Spitze, die noch nie einen Krieg geführt haben, wollen sie nicht in den Kampf ziehen. In ihrer Angst haben sie sich in den Kellern und Türmen der Häuser versteckt.

Und die Soldaten?, wollte der kleine Mugu wissen, wo sind die vielen Soldaten des Noddellandes?

Auch versteckt, sagte der Pferdfeldmarschall. Was die Offiziere und Hauptmänner tun, tun auch die Soldaten.

Der kleine Mugu kletterte auf den höchsten Turm des Schlosses. Er überblickte die Weite des Noddellandes und sah auf die fremden, wilden Reiter hinab, die in sein Reich einfielen. An der Spitze ritt ihr König, König Hängebart, und schwang sein gewaltiges Schwert durch die Luft.

Der alte Noddelkönig, der sich noch auf die Kriegskunst verstand, war außer Landes, Soldaten und Offiziere lagen versteckt in den Kellern der Stadt und jetzt mussten der König, der Pferdmarschall und der Statthalter den Krieg allein gegen die wilden Reiter führen.

Ich gebe Dir einen Rat, krächzte der Papageienstatthalter. Schick die Frauen und Kinder unbewaffnet vor die Tore der Stadt. Sie sollen König Hängebart um unser Leben und unsere Freiheit bitten. Die fremden Soldaten werden gegen unbewaffnete Frauen und Kinder nicht kämpfen.

Meinst du, die Kinder haben genug Mut, nach draußen zu gehen, wenn sie die wilden Reiter mit ihren funkelnden Schwertern sehen?

Ich weiß es nicht genau, antwortete der Papagei, aber es scheint mir unsere einzige Möglichkeit zu sein.

Der kleine Mugu dachte nach.

Vielleicht hatte der Krieg früher vor den Kindern Halt gemacht, aber heute?

Ich habe einen anderen Plan!, erklärte der kleine Mugu. Ruf alle Jungen und Mädchen zusammen, die sich mit Steinschleudern und Katapulten auskennen. Meinetwegen auch alle Kinder, die mit Pfeil und Bogen umgehen können. Meine Ratgeber sollen unverzüglich herbeieilen. Jeder soll sich zur Verteidigung des Noddellandes auf die Stadtmauer hinter Kanonen, Katapulten und Teerbottichen aufstellen.

Der Papagei flog über die Stadt und verkündigte den königlichen Befehl. Die Verteidigung des Noddellandes durch den kleinen König Mugu begann.

# 12

Alle Kanonen der Festungsmauer waren geladen, locker hingen die Lunten heraus und warteten darauf, angezündet zu werden. Ebenso waren sämtliche Steinschleudern mit mächtigen, wenn auch etwas seltsamen Kugeln bestückt. Der kleine König Mugu schritt durch die Reihen und blickte auf die Kinder, die hinter den Kanonen und Steinschleudern standen.

Kannst du überhaupt treffen?, fragte er einen kleinen Knaben, der seine Hand am Abziehhebel einer Steinschleuder hielt.

Und ob!, kam die Antwort, auf dem Spielplatz habe ich aus zehn Metern Entfernung eine Erbse von einer Flasche heruntergeschleudert.

Hier ist aber kein Spielplatz, entgegnete König Mugu, lief weiter und beobachtete sorgsam die wilden Reiter, die sich dem Schloss näherten.

Wenn ich die Hand hebe, feuert ihr die Kanonen und Steinschleudern ab!, schrie der kleine Mugu in den Lärm der heranbrausenden Reiter. Und wehe, einer von euch schießt die Kugel hinter die feindliche Linie. Genau fünfzig Meter vor den Pferden müssen sie auftreffen, nicht kürzer und nicht länger.

Kurz darauf hob der kleine Mugu die Hand, im selben Augenblick sausten die Kugeln auf das Schlachtfeld hinab. Fünfzig Meter vor den wilden Reitern schlugen sie in den Boden, zerbarsten in tausend winzige Körnchen und etwas größere, rundliche, weiße Kügelchen.

Die wild heranbrausenden Pferde stoppten aus vollem Lauf, wobei die fremden Kriegsreiter kopfüber im Feldgraben landeten. Die Pferde jedoch blieben stehen, beugten ihre Hälse zu Boden und begannen zu fressen. Sie fraßen die vielen Hafer- und Weizenkörner und die kleinen weißen Zuckerstücke, die plötzlich vor ihnen auf der Erde lagen. Durch nichts waren sie zu bewegen, wieder zu laufen, und König Hängebart musste mit seinen Reitern zu Fuß weiterziehen.

Sie haben noch nicht genug!, rief der kleine Mugu, schafft mir alles Geld aus der Schatzkammer herbei.

Die Diener eilten fort und schleppten die schwere Schatztruhe an. Mugu verteilte an jeden ein dickes Bündel Geldscheine und hielt das Papiergeld in die Luft.

Woher kommt der Wind?, fragte er seine Ratgeber.

Er kommt aus dem Noddelland und zieht über die Köpfe unserer Feinde hinweg.

Sehr gut!, rief der kleine König Mugu und ließ die Geldscheine im Wind fliegen. Bald sauste das Papiergeld wie lose Blätter im Herbstwind über die Köpfe der wilden Ritter hinweg.

Geld! Geld! Es regnet Geld!, schrien die fremden Reiter und jagten den Geldscheinen nach.

Halt, stehen bleiben!, brüllte König Hängebart, doch die Hälfte seiner Ritter hatte längst kehrtgemacht und versuchte, das Geld einzufangen.

Der Rest mir nach!, befahl König Hängebart und stürmte auf die Mauer des Noddelschlosses zu.

Früher besaß jede Burg riesige Kessel, die mit heißem Pech und Schwefel gefüllt über die Angreifer ausgeschüttet wurden.

Sind die Kessel gefüllt?, rief der kleine Mugu, während die ersten fremden Ritter die Burgmauer emporkletterten.

Gefüllt bis zum Überlaufen, antwortete der zweite königliche Ratgeber.

Dann gießt sie aus!, befahl Mugu.

Aus einigen Kesseln floss eine dicke, grüne Masse, aus anderen eine dunkelrote, zähe Flüssigkeit und aus noch anderen wabbliges, gelbes Zeug.

Iiiiiihhhhhhhhhh, Spinaaaat!, fluchten ein paar der angreifenden Ritter und kletterte schnell wieder von der Burgmauer hinab.

Verflixt, klebriger Zuckersirup!, zeterten andere und wollten erbost ihre Schwerter ziehen. Doch durch den Zucker klebten ihre Säbel an den Gurten fest.

Igiiit, verfluuucht, salziger Vanillepudding!, schimpften die Letzten.

Auch sie kletterten wieder die Mauer hinab. Alle machten sich schleunigst auf den Rückweg, um das seltsame Noddelland zu verlassen.

Plötzlich jedoch blieb König Hängebart stehen. Die Nachhut seiner Soldaten hatte eine riesige Kanone herbeigeschleppt und auf die Noddelburg gerichtet.

Jetzt wird der kleine Mugu seine Unverschämtheiten büßen!, schrie König Hängebart und stoppte eigenhändig eine gewaltige Kugel ins Kanonenrohr.

# 13

Der Statthalterpapagei hatte den Rückzug König Hängebarts verfolgt und lief aufgeregt zum kleinen Mugu.

Not! Not!, schrie der Papagei. König Hängebart zielt mit einer riesigen Kanone auf die Noddelburg. Not, Not!

Mugu sah durch das Fernrohr. Am Ende war alle Anstrengung vergeblich gewesen, dachte er traurig. Doch ein kleiner König Mugu gibt nicht so schnell auf.

Gibt es eine Sache, die der König Hängebart nicht mag?, fragte er.

Ich glaube, er mag keine Eier, sagte der erste Ratgeber, irgendwann habe ich gehört, dass er keine Eier mag.

Der kleine Mugu eilte in die Schlossküche und holte selbst einen Korb mit Eiern herbei. Im Korb lagen auch ein paar schwarze, faule. Mugu blies drei große Luftballons auf und band sie an den Korb. Der Wind trug die Ballons in die Luft, blies sie erst ein wenig über die Noddelburg, danach aber direkt auf König Hängebart zu.

Der kleine König Mugu hielt Pfeil und Bogen in der Hand und wartete, bis der Eierkorb über der Kanone schwebte. Dann schoss er den Bogen ab und die drei Ballons zerplatzten, als der Pfeil hindurch sauste. Der Korb aber fiel König Hängebart auf den Kopf, die faulen Eier zersprangen und übelriechender Eierbrei ergoss sich über die zottligen schwarzen Barthaare des fremden Königs. Das war selbst für ihn zuviel. Einen Krieg mit Spinat, salzigem Vanillepudding und Eiern hatte er noch nie geführt. Mit gesenktem Kopf verließ der einst so mächtige, wilde König Hängebart das Noddelreich des kleinen König Mugu.

# 14

Mit der Zeit kamen die Erwachsenen aus ihren Verstecken hervor, und König Mugu beschloss, ein großes Fest zu feiern.

Ein Fest wie es noch nie eines gegeben hat! Verkündete er und ließ seine beiden Ratgeber kommen. Der kleine König saß auf seinem Thron, hinter ihm stand der Pferdefeldmarschall. Er hatte zwar wenig zur Verteidigung des Noddellandes beigetragen, trotzdem bekam er einen glitzernden Orden angesteckt. Auf der linken Thronlehne hockte der Papageienstatthalter. Sein Verdienst war es, dass er rechtzeitig die riesige Kanone von König Hängebart entdeckt hatte. Auf der rechten Thronlehne saß das kleine Meerschweinchen, oberster Diener im Schloss.
Die Ratgeber des Königs traten ein, der erste hatte ein trauriges Gesicht, der zweite ein lachendes.

Ehrwürdiger König Mugu, begann der erste Ratgeber seine Rede, wir haben schlechte und gute Nachrichten für dich. Ich bringe dir mit meinem traurigen Gesicht die schlechten Nachrichten, dein zweiter Ratgeber wird dir mit einem lachenden Gesicht die guten mitteilen.

Fang an, befahl der kleine König, wir wollen bald ein großes Fest feiern.

Wir können kein Fest feiern, die Schatzkammer ist leer, sagte der Diener mit dem traurigen Gesicht.

Warum ist sie leer?, fragte Mugu ärgerlich.

Du hast das Geld während des Krieges in die Luft geworfen und der Wind hat es fortgeblasen.

Wie wahr, wie wahr, dachte der Papagei. Im Krieg ist es, als ob man das Geld zum Fenster hinauswirft.

Ein Krieg kostet eben Geld, krächzte der Papageienstatthalter, egal ob es sich um einen richtigen Kanonenkrieg oder einen Krieg mit Spinat und Eiern handelt.

Hast du noch mehr schlechte Nachrichten?, fragte Mugu ungeduldig.

Noch eine, ehrwürdiger König, erwiderte der erste Ratgeber mit seiner traurigen Zunge. Ein Jahr wird es keinen Vanillepudding, keinen Kirschsirup und keine Süßigkeiten geben. Wir haben den ganzen Zuckervorrat für den Krieg verbraucht, als wir den klebrigen Sirup über die wilden Ritter geschüttet haben. Und die nächsten Zuckerrüben werden erst in einem Jahr reif.

Lieber ein Jahr ohne Pudding und Zucker als den Krieg zu verlieren, stellte der kleine Mugu fest. Es gibt nur eines, entweder Zucker oder Krieg. Aber welche gute Nachricht habt ihr mir zu verkünden?

Dabei sah er dem zweiten Ratgeber mit dem lachenden Gesicht in die Augen.

Schnell erwiderte dieser, um die schlechte Laune des Königs zu vertreiben:

Ein Jahr wird es keinen Spinat zu essen geben. Wir haben für den Krieg den gesamten Vorrat an Spinat verbraucht, für den Spinatbrei, den wir auf die fremden Ritter gekippt haben.

Eine sehr gute Nachricht, befand der kleine König Mugu. Sein Leben lang hatte er keinen Spinat gemocht.

Ein Jahr lang keinen grünen Spinat, das ist noch besser als einen Krieg gegen den wilden König Hängebart zu gewinnen!, rief der kleine Mugu. Aber jetzt lasst uns gemeinsam nachdenken, wie wir die Schatzkammer mit Gold füllen, damit wir bald ein großes Fest feiern können.

# 15

Der kleine König Mugu berief alle Diener, die alten des Noddelkönigs und seine neuen, zu einer Konferenz. Einziger Besprechungspunkt war das Problem, die königliche Schatzkammer mit Geld zu füllen.

Der alte Noddelschatzmeister meldete sich als erster zu Wort:

Ich kenne diese Situation! Früher, beim Noddelkönig, war die Schatztruhe öfter leer als voll. Ich erinnere mich, wie der Noddelkönig ein Gesetz erließ und von allen Kindern das Taschengeld einsammelte. Inzwischen ist viel Zeit vergangen und die Kinder haben neues Taschengeld bekommen. Wir sollten dasselbe wiederholen.

Der kleine Mugu griff in seine Hosentasche. Seitdem er als kleiner Bäckerjunge König auf dem Noddelthron geworden war, trug er ein und dieselbe Hose.

Diese Geschichte kenne ich, sagte der kleine König Mugu erbost. Nutzloses Papier mit nutzlosen schwarzen Zahlen habt ihr den Kindern gegeben. Nicht einmal ein Brot, einen Ball oder einen Ballon kann man mit diesem Papier kaufen.

Ärgerlich nahm Mugu den Zettel, zerriss ihn und warf die Reste auf den Boden.

Er blickte dem Schatzmeister in die Augen:

Anstatt wieder und wieder die alten Fehler zu begehen, solltest du dir überlegen, wie wir den Kindern das Geld von früher zurückgeben können. Wir müssen die Schatzkammer doppelt füllen, um erstens den Kindern das Taschengeld zurückzuzahlen und zweitens unser großes Fest zu feiern.

Viele andere meldeten sich zu Wort, zuletzt der Papageienstatthalter. Er hatte eine Idee, die ihm aber fremd und unangenehm vorkam. Deshalb wollte er seinen Einfall nur dem König ins Ohr flüstern:

Wir müssen selbst arbeiten, wie jeder andere, und nicht nur regieren, Feste feiern oder einen Krieg führen. Arbeiteten wir selbst, bekommen wir doppelt so viel Geld in die Schatztruhe. Wir sparen Geld, weil wir es nicht mehr verbrauchen und wir verdienen Geld, weil wir arbeiten.

Mugu war sehr erstaunt, es war keine beliebte, dafür aber eine sehr gewinnbringende Idee. Deshalb erließ er folgendes Gesetz:

Der König und seine Diener müssen von heute an selbst arbeiten, um Geld zu verdienen. Der König und seine Diener dürfen nur Geld ausgeben, das sie selbst verdient haben!

Es war kein beliebtes Gesetz. Wie vor der Zeit des Krieges gegen König Hängebart, wurde Unmut über König Mugu auf dem Noddelthron im Noddelland laut. Vielleicht war es diesmal gefährlicher als vor dem Krieg mit Hängebart. Damals war das Volk des Noddellandes missmutig, jetzt aber waren es die mächtigen alten Diener.

Der kleine Mugu war jedoch ein kluger König und er verstand, den Unmut seiner Diener zu besänftigen.

Denkt an das große Fest, das wir feiern, sobald die Schatzkammer wieder voll ist, verkündigte Mugu.

Und er und seine Diener begannen, selbst zu arbeiten.

Der kleine König Mugu besann sich, dass er früher Bäckerjunge gewesen war. Also begann er, wie früher Brot zu backen und es zu verkaufen. Das Pferd, der Pferdmarschall des Noddelreiches, besann sich, dass es früher Mehlsäcke auf einem Wagen gezogen hatte. Also begann es, wie früher Mehlsäcke zu ziehen. So ging es vom obersten bis zum untersten Diener im Noddelreich. Jeder besann sich auf seinen früheren Beruf, jeder begann, in dem alten Beruf wieder zu arbeiten. Nach einem halben

Jahr hatte der kleine König Mugu genug vom Brote backen.

Er lief in die Schatzkammer und zählte das verdiente Geld nach.

Zuwenig um gut zu leben, zu viel um schlecht zu sterben, murmelte er, nachdem er festgestellt hatte, wie wenig Geld bisher in der Schatzkammer war.

Habe ich früher Weizenbrot gebacken, dann werde ich von nun an Gedankenbrot backen, beschloss Mugu.

Damit meinte er einfach, er wolle ein Buch, ein Gedankenbrot schreiben, es verkaufen und vom verdienten Geld ein Fest feiern. Worüber soll ich ein Buch schreiben, dachte der kleine Mugu und verbrachte eine Nacht in Gedanken und Träumen an das neue Buch.

Vom Krieg führen mit Spinat und Eiern, fiel es ihm endlich ein. Ich schreibe ein Buch über Krieg führen mit Spinat und Eiern. Vielleicht interessiert sich niemand, wie man mit Spinat und Eiern einen Krieg führt, wurde der kleine Mugu über seinen Einfall aber gleich wieder misstrauisch.

Er überlegte weiter.

„Erlebnisse und Nichterlebnisse auf dem Thron des Noddelkönigs".

Dieser Titel war gut, fand der kleine Mugu.

So kam es, dass er ein Buch schrieb über fünf Jahre seiner Regierungszeit auf dem Noddelthron, über seine Erlebnisse und seine Nichterlebnisse. Am Ende verkaufte sich dieses auch so ordentlich, weniger im Noddelreich als mehr in den anderen Ländern, dass der kleine Mugu bald genug Geld für beides hatte:

Den Kindern das Taschengeld zurückzuzahlen, das der Noddelkönig ihnen genommen hatte und für das große Fest.

# 16

Es war Sommer und der kleine Mugu ging in den Schlossgarten. Pflanzen mochte er sehr gern. Er betrachtete die leuchtenden Rosen und dachte bei sich, wenn ich die Sprache der Pflanzen verstehen könnte, würde ich eine Rose zu meinem Ratgeber machen.

Hinter den Blumenbeeten erstreckte sich eine Wiese, die von Obstbäumen umsäumt war. Die Früchte waren noch nicht reif, die Äpfel grasgrün und hart, die Kirschen erst an wenigen Stellen gerötet. Unter einem der Kirschbäume stand ein kleines Mädchen. Es hatte sich einen dünnen Ast zwischen die Beine geklemmt und versuchte, etwas daran festzubinden. Neugierig trat der kleine König Mugu näher. In der Hand hielt das Mädchen einen weißen Bonbon und einen Bindfaden.

Was machst du mit meinem Kirschbaum?, fragte der kleine König.

Entschuldige bitte, erwiderte das Mädchen, ich wusste nicht, dass es dein Kirschbaum ist. Erlaubst du mir, meinen Bonbon an deinen Kirschbaum zu binden?

Ja, aber warum willst du einen Bonbon zwischen die Kirschen hängen?, fragte Mugu verwundert.

Auf dem Kinderfest haben alle meine Freundinnen einen roten Bonbon gewonnen, nur ich muss mit diesem einfachen weißen Zitronenbonbon zufrieden sein. Wenn ich ihn an den Baum hänge, wird er in der Sonne reif wie die Kirschen und rot wie die Bonbons der anderen Mädchen.

Du hast bestimmt recht, sagte der kleine König Mugu und half dem Mädchen, ihren weißen Bonbon an den Kirschbaum zu hängen.

Komm in drei Tagen wieder, dann wird es der roteste, schönste Bonbon von der ganzen Welt sein.

Am nächsten Tag kehrte der kleine König unbemerkt zum Baum zurück. In seiner Hand hielt er ein Fläschchen mit Kirschsirup, es war der letzte Rest, den er in seiner großen Schlossküche hatte finden können. Er nahm einen Pinsel und bestrich den weißen Bonbon mit rotem Kirschsaft. In der Hitze der Sonnenstrahlen trocknete der Sirup und bildete eine feste, rote Zuckerschale. Mugu konnte es kaum erwarten, bis das Mädchen nach drei Tagen wiederkommen würde. Endlich war es soweit. In der Zwischenzeit waren die Kirschen gereift, es bereitete dem Mädchen einige Schwierigkeiten, unter den vielen roten Früchten seinen Bonbon wiederzufinden.

Der kleine König half ihr und bald steckte die rote Süßigkeit im Mund des Mädchens.

Der schmeckt überhaupt nicht mehr nach weißer Zitrone, freute es sich erstaunt, der schmeckt wie eine süße Zuckerkirsche.

Was erwartest du, wenn du einen Bonbon an einen Kirschbaum hängst?, lächelte Mugu. Hättest du ihn an einen Apfelbaum gebunden, würde er sicherlich nach Apfel schmecken.

Toll!, jubelte das Mädchen, morgen hänge ich einen Bonbon an einen Rosenstrauch. Einen Rosenbonbon habe ich noch nie gegessen.

Mit diesen Worten verschwand das Mädchen. Der kleine König Mugu sah ihr erstaunt hinterher.

Ich muss dir danken. Jetzt weiß ich, wie ich mein großes Fest feiern werde.

# 17

Der kleine König Mugu rief alle Zuckerbäcker des Landes zu sich. Dazu auch die Schokoladen- und Siruphersteller, die Fleischer- und Getränkemeister. Mit ihnen hielt er eine Beratung über das Fest ab. Am nächsten Tag schwärmten die Diener des Königs in den Hofgarten aus, um alles herzurichten, wie es der kleine Mugu mit den Zuckerbäckern, mit den Schokoladen- und Siruphändlern, mit den Fleischer- und Getränkemeistern beschlossen hatte.

Aus den Nachbarländern hatte der kleine Mugu große Berge Zucker eingekauft, höher als der größte Berg seines Landes, für das anstehende Fest. Zuerst machten sich die Diener mit Putzlappen, Farbtöpfen und Wassereimern an die Arbeit. Dem kleinen König Mugu war aufgefallen, dass die Rinde vieler Bäume schwarz, viele Blätter grau und welk waren.

Warum sind die Bäume meines Schlossgartens schwarz?, hatte der kleine Mugu gefragt.

Ehrwürdiger König, war die Antwort des Hofgärtners gewesen, die Kutschen deines Reiches rasen über das Land, wirbeln Staub und

Schmutz auf und der Dreck legt sich wie ein schwarzer rußiger Film auf Bäume und Blumen.

Daraufhin hatte der kleine Mugu befohlen, dass die Kutschen nur noch langsam durch sein Reich fahren durften.

Was einer nicht in Ruhe schafft, braucht er überhaupt nicht zu tun, meinte der kleine König Mugu.

Den alten Dreck an den Bäumen mussten die Diener mit Wasser und Bürste abschrubben. Die trockenen grauen Blätter wurden mit frischer grüner Farbe angemalt. Obwohl der König viele Diener hatte, konnten sie es unmöglich allein schaffen, alle Blätter und Äste für das Fest zu putzen. Deshalb hatte der kleine König Mugu einen Tag angeordnet, an dem keine Kutsche fahren durfte. An diesem Tag musste jeder, der eine Kutsche besaß, den Dienern des Königs helfen, den schwarzen Dreck von den Bäumen zu schrubben.

Nachdem diese Arbeit fertig war, liefen die königlichen Diener mit Zuckertöpfen durch den Obstgarten. Alle Früchte wurden mit Zucker-sirup eingestrichen. Damit es aber nicht so langweilig wurde, erhielten die Äpfel einen Anstrich mit rotem Kirschsirup, die Birnen mit gelbem Bananensirup und die Kirschen mit saurem Zitronensirup.

Obwohl das Noddelland am Rande der heißen Wüste lag, gab es trotzdem viele Früchte, die dort nicht wuchsen. Von allen Früchten der Welt ließ der kleine König Mugu einige kaufen und befahl, sie an die Äste der Bäume zu hängen. Kokosnüsse, Bananen, Ananas, Mangos, Feigen, Datteln, all diese Kostbarkeiten wurden an die Obstbäume des Schlossgartens gebunden. Dazu Lutscher, Gummibären, Bonbons, Schokolade, Gelee.

Die Tische, beladen mit Getränken, Brot, Butter, Käse, Wurst und Fleisch, wurden nicht wie üblich auf dem Rasen aufgestellt. Sie erhielten hoch oben in den dicken Astgabelungen der alten Bäume ihren Platz. Von jedem Tisch hingen Schnüre herab oder auch strohhalmdicke Schläuche. Am Ende der Schnur klebten Zettel, auf denen die verschiedenen Speisen standen: gebratene Hühnchenkeule, knusprige Schinken-stücke, Löcherkäse, gebackene Kartoffeln, Vanillepudding und vieles mehr. Die Gäste des Festes liefen durch den Park und brauchten nur an den Schnüren zu ziehen. Wer Appetit auf ein gebratenes Huhn hatte, zog an der Schnur mit dem Schild: Gebratenes Huhn. Durch das Ziehen ertönte ein feines Glöckchen und die Diener des Königs, die oben im Baum saßen, ließen ein gebratenes Huhn am Seil hinab. An den

Schläuchen mussten die Hofgäste dreimal kurz ziehen und dann eilen, um sich das Ende in den Mund zu stecken, denn sofort schütteten die Diener von oben das gewünschte Getränk hinein. Es durfte nur im Liegen gegessen werden, denn der kleine König Mugu dachte an die früheren Feste, wenn am Ende jeder satt und trunken auf dem Boden lag.

Dann können sich die Gäste schon beim Essen hinlegen, überlegte sich der kleine Mugu und befahl:

Gegessen werden darf nur im Liegen!

# 18.

Das Fest bereitete allen viel Spaß. Zwar schimpften einige Gäste, die in ihren feinsten Kleidern erschienen waren, weil sie sich zum Essen auf den Boden legen mussten. Aber statt hungrig und durstig das Fest zu verlassen, legten sie sich lieber auf die Schlosswiese, selbst wenn es an einigen Stellen von Ameisen, Schnecken und Käfern wimmelte, die an den Köstlichkeiten teilhaben wollten.

Auf dem Höhepunkt des Festes erklang mit einem Mal ein lautes Trommeln, Pauken und Pfeifen. Zum Erstaunen des kleinen Königs Mugu erschien ein Circus mit Gauklern, Jongleuren, Zauberern, Artisten und Clowns.

Wer hat den Circus eingeladen?, befragte der kleine König seine Ratgeber.

Niemand, erwiderte der Statthalterpapagei, ein Circus lädt sich immer selbst ein.

Dann schafft mir den Circusdirektor herbei. Wenige Augenblicke später stand ein schnauzbärtiger, dicker Mann vor dem Thron.

Ehrwürdiger König, begann der dicke Circusdirektor mit einer tiefen Verbeugung, dass sein Schnauzbart die Füße des kleinen Mugu kitzelte.

Ehrwürdiger König, darf ich Euch und Eure Gäste mit einer Vorstellung erfreuen?

Nein, sagte Mugu und sah finster nach unten, heute wird ein Fest gefeiert und nicht gearbeitet.

Aber Zaubern, Tanzen, Clown spielen, Seiltanzen, das ist wie ein Spiel und nicht wie Arbeit.

Für uns ist es Spiel und Unterhaltung, für deine Circuskünstler aber ist es Arbeit. beharrte der kleine Mugu. Früher hat der Noddelkönig Feste gegeben, wo Viele gearbeitet und nur Wenige gefeiert haben. Ich möchte, dass auf meinem Fest Viele feiern und nur Wenige arbeiten müssen.

Der kleine König Mugu winkte den dicken schnauzbärtigen Circusdirektor dichter heran:

Ihr sollt mitfeiern. Trotzdem erhaltet ihr einen Lohn. Wer ein Fest lustiger macht nur weil er mitfeiert, hat einen Lohn verdient und ich habe genug Geld in meiner Schatzkammer.

Die Ohren des dicken Circusdirektors waren von der vielen lauten Manegenmusik in seinem Leben ein wenig schwerhörig geworden und er beugte sich weit nach vorne, um die leisen Worte des kleinen Königs besser zu verstehen. Dabei kitzelte sein schwarzer Bart in Mugus Nase.

Der kleine König Mugu wies ihn auf die unterste Stufe des Thrones zurück.

Von mir aus könnt ihr heute den Circus anders spielen, ohne Vorstellung. Esst und trinkt, und wenn ihr satt seid, mischt euch unter die Hofgäste. Trefft ihr jemanden, der Lust hat, das Zaubern zu lernen, dann bringt ihm das Zaubern bei. Wer Lust hat, auf dem Seil zu tanzen, dem bringt die Kunst des Balancierens bei. Wer Lust hat, einen Löwen zu dressieren, dem lehrt die Löwendressur und wer Lust hat, einen Clown zu spielen, dem bringt das Lustigsein bei. Auf diese Weise vermag jeder, nach dem Fest bei sich zu Hause eine Circusnummer aufzuführen. Und die, die heute zu Hause bleiben mussten, bekommen etwas von dem Spaß des Hoffestes nachträglich mit.

Jawohl, erwiderte der Circusdirektor, drehte sich um und wollte wieder verschwinden.

Halt!, rief der kleine König Mugu, ich will dir eine letzte Frage stellen bevor du gehst:

Wie viele Tiere hast du in deinem Circus? Der Direktor dachte kurz nach:

Drei Bären, fünf Elefanten, sechs Seehunde, vier Löwen, zwei Tiger, zehn Affen, zwei Esel, ein Nashorn und eine Giraffe.

Sind sie zahm?, fragte Mugu.

Zahm und dressiert, ehrwürdiger König, sagte der Circusdirektor. Der Löwe frisst mir aus der

Hand und dennoch habe ich genauso viele Finger wie bei meiner Geburt.

Dann lasse sie aus ihren Käfigen heraus. Sie sollen sich frei bewegen können und unser Fest mitfeiern.

Dem dicken Direktor stockte der Atem:

Erlaubt mir einzuwenden, obgleich sie zahm und dressiert sind, sind sie doch nicht gewöhnt, sich unter königlichen Gästen frei zu bewegen und ein königliches Fest mitzufeiern.

Wer zahm und dressiert ist, erklärte der kleine König Mugu etwas verärgert, der kann sich auch frei bewegen und ein königliches Fest mitfeiern.

Der dicke schnauzbärtige Circusdirektor verschwand und lief zu seinen Tieren. Er murmelte einige unverständliche Worte in die Käfige hinein. Danach öffnete er vor den Augen der erstaunten Hofgäste die Gittertüren. Wer konnte, suchte auf den Bäumen Schutz. Am besten gelang es den Männern, wogegen sich viele Frauen in ihren umständlichen Kleidern hinter Büschen versteckten. Die Tiere waren nicht weniger erstaunt, nach und nach kamen sie zögerlich aus ihren Käfigen.

Drei Bären, fünf Elefanten, sechs Seehunde, vier Löwen, zwei Tiger, zehn Affen, zwei Esel, ein Nashorn und eine Giraffe betraten den königlichen Schlossgarten, während sich die anderen Gäste versteckt hielten.

Die Tiere wussten wenig vom Ablauf des königlichen Festes. Die Giraffe dachte nicht im Traum daran, an einer Schnur zu ziehen, um sich auf diese Weise ihr Essen zu bestellen. Sie steckte einfach den Kopf zwischen die Äste und fraß vor den Augen der verängstigten Diener direkt von den Tischen, die oben in den Bäumen aufgestellt waren. Die Affen rissen drei Zuckeräpfel ab, um einen einzigen zu verspeisen, und die Elefanten hielten sich nicht an den königlichen Befehl: Gegessen werden darf nur im Liegen. Wie eh und je verspeisten sie ihre Mahlzeit im Stehen. Doch es störte den kleinen König Mugu nicht, vielmehr störte ihn, dass sich die anderen Gäste versteckt hatten.

Ich muss den Anfang machen, sonst kommt am Ende niemand aus seinem Versteck heraus.

Er kletterte von seinem Thron herab und ging in den Schlossgarten. Als die anderen bemerkten, wie ihr König zwischen Löwen und Tigern, Nashorn und Giraffe, Affen und Elefanten friedlich einherschritt, mischte sich einer nach dem anderen unter die Tiere. Bald feierten alle gemeinsam das Fest weiter. Es konnte einem passieren, dass man auf der Wiese lag und ein gebratenes Huhn aß, während sich plötzlich ein

Circuslöwe danebenlegte und an einer Hammelkeule knabberte. Das hatte einen unschätzbaren Vorteil. Man brauchte nicht die abgenagten Hühnerknochen in den Papierkorb zu bringen, man steckte sie einfach dem Löwen ins Maul.

Dem Circusdirektor aber quälte die Sorge, ob die Tiere sich am Ende des Festes wieder in die Käfige sperren ließen oder darauf bestehen würden, sich weiterhin frei unter den Menschen zu bewegen.

# 19

Nachdem das Essen zu Ende war, klatschte der kleine König Mugu dreimal in die Hände. Die Anwesenden stellten sich in einen großen Kreis auf, Löwe neben Diener, Nashorn neben Fürstin, Affen neben Kinder und sahen auf die große, runde Trommel in der Mitte. Das Zeichen war gegeben, die Hauptverlosung begann, denn was wäre ein Fest ohne Hauptverlosung.

König Mugu trat in den Kreis und hielt eine kurze Rede:

Mein Volk, meine Gäste, meine Diener, meine Beamten, meine Königin, liebe Circustiere und wenn ihr mich verstehen könnt, auch liebe Bäume und Blumen und Wolken am Himmel.

Mit diesen Worten begann der kleine König seine Ansprache und fuhr fort:

Seit fünf Jahren regiere ich das Noddelreich und ich wurde König, weil mich das Los ausersehen hat. In diesen Jahren habe ich Feste gefeiert, gearbeitet und Geld verdient, einen Krieg gegen den wilden König Hängebart geführt…

Bravo! Bravo! Hurra! Riefen viele, die sich an den Sieg über den fremden König erinnerten. Der kleine Mugu hatte mit der Erinnerung an den siegreichen Krieg die ungeteilte Sympathie aller gewonnen.

Ich habe Gesetze erlassen und regiert, Beamte ernannt, Spielplätze gebaut, den Kutschen verboten, weiterhin schnell durchs Land zu rasen.

Bravo und Hurra ertönte es wieder, diesmal aber schwächer als zuvor.

König sein ist nur für jemanden, der sehr jung oder sehr alt ist. Wenn einer mittendrin in den Jahren ist wie ich, möchte er andere Dinge tun. Nicht immer auf demselben Stuhl, dem Noddelthron sitzen, nicht nur Gesetze erlassen, regieren, Krieg führen oder Feste feiern. Geht das so weiter, habe ich am Ende meines Lebens immer auf demselben Stuhl gesessen, war immer im selben kleinen Land und war mein Lebtag nichts anderes als nur ein König.

Den fünf Circuslöwen, die ebenfalls im Kreis standen, rollten aus Mitleid Tränen aus den Augen. Ein Leben lang immer dasselbe kleine Land sehen, das hörte sich sehr traurig an. Die Löwen waren ebenso König wie der kleine Mugu, Könige der Wüste, lebten zwar eingesperrt in Käfigen, dafür hatten sie mit dem Circus bereits alle Länder der Welt bereist.

Deshalb, fuhr der kleine Mugu fort, deshalb soll die heutige Verlosung entscheiden, wer an meiner Stelle König des Noddellandes wird.

Der kleine König hatte sich eine besondere Verlosung ausgedacht. In der Lostrommel steckten hundert Zettel, auf jedem stand ein Wort, zum Beispiel Krokodil, Eis, Fußball, Noddelthron, Maulwurf, Bonbon, Kokosnuss, Mond, Wolke, Feuerdrache, Sklavenschiff, Eierkrieg und vieles mehr. Jeder, der teilnehmen wollte, zog neun Wortzettel und erhielt zusätzlich einen zehnten Zettel, auf dem immer:

„Der kleine König Mugu"

geschrieben stand. Aus den zehn Wörtern musste eine Geschichte oder ein Gedicht geschrieben werden. Danach würde eine Abstimmung stattfinden. Wer die meisten Stimmen und den lautesten Beifall erhielt, sollte neuer König über das Noddelreich werden.

Es fanden sich nicht viele Teilnehmer, vielleicht dachten die meisten an das letzte Gesetz, in dem geschrieben stand, dass der König des Noddellandes selbst für seinen Unterhalt und für seine Feste arbeiten sollte. Am Ende wollte ein Circuslöwe, der oberste Schlossdiener, das Meerschwein, der alte Noddelschatzmeister, der dicke Circusdirektor und ein alter Großvater an der Verlosung teilnehmen.

## 20

Zuerst trat der Circuslöwe an die Wahlurne. Neun Zettel zog er heraus und erhielt einen zehnten, auf dem der Name des kleinen Königs Mugu stand. Die anderen Wörter waren: Kaktusbaum, Krokodil, Luftballon, Eis, Wüste, Nilpferd, Schokoladentaler, Sonne und Krone. Der Anfang war schnell gefunden. Sonne und Wüste passt zusammen, dachte der Löwe und begann seine Geschichte mit dem Satz:

In einem fernen Land brannte die gelbe Sonne jeden Tag heiß auf die Erde nieder und verwandelte sie in eine trockene Wüste.
Das war gut gewählt auch das Noddelland lag am Rande einer Wüste, jeder konnte sich dadurch die Geschichte vorstellen. Doch wie sollte sie weitergehen? Der Circuslöwe überlegte, brüllte kurz und fuhr fort:

In dem kleinen Land lebte ein riesiges Nilpferd. Das Land war so klein und das Nilpferd so groß, dass es seinen Fuß über die Grenze des Landes setzen musste, wenn es zwei Schritte hintereinander tat. Hinter der Grenze lebte das Krokodil und hatte jeden Tag Angst, das Nilpferd würde ihm auf den Schwanz treten, wenn es zwei Schritte auf einmal tat und seinen

Fuß über die Grenzlinie setzte. Eines Tages geschah, wovor das grüne Krokodil immer Angst hatte. Das Nilpferd landete mit seinem vorderen Fuß auf dem Schwanz des Reptils. Das Krokodil pflanzte Kaktusbäume die Grenze entlang und bald war eine hohe Stachelmauer zwischen dem kleinen Land des Nilpferds und dem großen Gebiet des grünen Krokodils gewachsen. Das Krokodil hatte eine Lieblingsbeschäftigung. Es schoss mit seinem Schwanz Luftballons in die Höhe und versuchte, sie mit der Schnauze aufzufangen, ohne dass sich platzten. Doch jedes Mal, wenn es den Ballon verfehlte, zerplatzte er mit einem lauten Knall an der stachligen Kaktusmauer. Bei jeder Explosion erschrak das Nilpferd in seinem kleinen Land. Beide Gebiete gehörten zu einem Königreich, das von einem klugen, weisen König mit Namen Mugu regiert wurde. Das Nilpferd lief zu König Mugu, beschwerte sich über die stachlige Kaktusmauer und das laute Zerplatzen der Luftballons an seiner Grenze.

König Mugu überlegte und gab dem Nilpferd schließlich drei Schokoladentaler:

Du lebst in einem heißen Land und das Krokodil lebt in einem heißen Land. Hier sind drei Schokoladentaler. Geht zusammen Eis essen, beim Eisessen hat sich bisher jeder vertragen.

Das Nilpferd tat, wie König Mugu ihm geheißen hatte. Es lief zum Krokodil und unterbreitete ihm den königlichen Ratschlag. Zuerst überlegte das grüne Reptil, ob es die Einladung annehmen sollte. Am Ende willigte es jedoch ein, zumal das Nilpferd betonte, dass es sich beim Eisessen um einen königlichen Befehl handele. Beide gingen in eine Stadt, die in einem dritten Land lag, und bestellten in einem ausgesuchten Café für zwei Schokoladentaler Eis. Zu guter Letzt hatte König Mugu Recht behalten.

Fuß in Fuß gingen Nilpferd und Krokodil wie zwei dicke Freunde nach Hause. Zusammen rissen sie die Kaktusgrenze ab, von nun an durfte jeder das Land des anderen betreten. Seitdem ist das Nilpferd dem Krokodil nie mehr auf den Schwanz getreten, denn es konnte sich im großen Land des Krokodils frei bewegen. Darüber waren beide froh. Einen Schokoladentaler hatten sie übrigbehalten und beschlossen, König Mugu für seinen weisen Ratschlag ein Geschenk zu machen. Sie liefen ins Eisgeschäft zurück und kauften eine kleine Krone aus Eis. Der König war über diese Gabe sehr erfreut. Er teilte sie in drei Teile, gab Krokodil und Nilpferd je ein Stück und setzte sich sein eigenes Stück anstelle der Goldkrone auf seinen Kopf. Dann wartete er, bis das Eis schmolz und fing mit seiner Zunge die herabtropfenden Eistropfen auf.

Schmeckt sehr gut, stellte der kleine König Mugu fest. Lieber eine wohlschmeckende Eiskrone im Mund als eine zu schwere Goldkrone auf dem Kopf.

Krokodil und Nilpferd mussten lachen und kehrten in ihr Land zurück. Jedoch hatten sie den kleinen König Mugu nicht verstanden, der davon gesprochen hatte, eine zu schwere Goldkrone auf den Kopf zu tragen. Sie lebten in Frieden zusammen, aber wie sie dem kleinen König helfen konnten, die schwere Krone zu tragen, darüber machten sie sich für eine lange Zeit keine Gedanken. Dabei brauchten sie die Königskrone wie die Eiskrone nur in drei Stücke aufzuteilen, für jeden eines.

Der Circuslöwe brüllte dreimal, sein Zeichen, dass die Geschichte zu Ende war.

# 21

Der Nächste!, rief König Mugu und sein oberster Schlossdiener, das Meerschwein, trat vor. Früher, als es ein gewöhnliches Haustier war, hieß es Meerschweinchen. Dann hatte es König Mugu zum obersten Diener ernannt und es bestand darauf, das kleine „chen" von seinem Namen zu streichen. Die Silbe „chen" macht alles klein und etwas Kleines passte nicht zum obersten Hofdiener. Seitdem nannte es sich Meerschwein und nicht Meerschweinchen, was auch viel gewichtiger klang.

Das Meerschwein ging an die Trommel und zog die Wörter: Feuerdrache, Pfeil, Trockenheit, Brunnen, Schule, Kinder, Spieß, Turm und Wasser. Als zehntes Wort kam wie bei den anderen der Name König Mugu hinzu. Das Meerschwein dachte, es wäre gut, die Geschichte auch mit einem Satz über die Wüste zu beginnen, wie es der Löwe getan hatte. Unter einer Wüste würden sich die Bewohner des Noddellandes etwas vorstellen können und würden sich in der Geschichte sofort heimisch fühlen. Also begann das Meerschwein, der oberste Hofdiener des Noddelstaates, seine Erzählung:

Inmitten der Wüste gab es ein kleines Land, das unter der Trockenheit der Hitze und dem staubigen Sand sehr zu leiden hatte. Seit Monaten hatte es nicht geregnet und das große Wasserbecken, in dem das Trinkwasser für die Bewohner des Landes gespeichert wurde, besaß nur noch einen Vorrat für sieben Tage. Eines Tages erschien ein gewaltiger, feuerspeiender Drache, der wie die Einwohner unter der Dürre litt.

Durst! brüllte der Feuerdrache.

Vom vielen Feuerspeien stieg dicker Qualm aus seiner Nase, er musste unbedingt Wasser trinken, um die Flammen und den Rauch in seinem Rachen zu löschen. Da kam ihm gerade recht, dass er das Wasserbecken entdeckte. Mit einem einzigen Zug verschlang er das restliche Trinkwasser, den letzten Vorrat für die Bewohner des Landes. Danach verschwand der Feuerdrache. Der Herrscher des Reiches, ein kleiner König mit Namen Mugu, musste sich eilen, um für seine Untertanen Wasser zu besorgen. Alle Kinder des Landes bekommen eine Woche schulfrei, verkündigte der König, sie sollen mir helfen, einen Brunnen nach Wasser zu graben. Auf allen Vieren kroch der kleine König Mugu durch das Land und legte sein Ohr horchend an den Erdboden. Er versuchte eine Stelle herauszuhören, wo in der Erde eine Wasser-quelle blubberte. Die Kinder gruben mal hier, mal dort, wie der König sie anwies, aber sie konnten keine Quelle finden. Die Trockenheit und die Not der Menschen wurden unerträglich. Da beobachtete König Mugu ein kleines Mädchen, das mit einem spitzen Stock in die Luft stocherte.

Was tust du?, fragte er verwundert.

Ich bohre nach Wasser, antwortete das kleine Mädchen. Ihr bohrt in der Erde und ich in der Luft. Wenn ich genug Löcher in die Luft gepickt habe, kommt bestimmt Regenwasser heraus.

Der kleine König war erstaunt, denn das Kind hatte irgendwo Recht. Wasser gab es unter der Erde, aber ebenso in der Luft. In der Luft nach Wasser bohren, murmelte der König und lief auf den Schlossturm. Seit Tagen zogen gelegentlich Regenwolken vorbei, doch bisher hatte keine die kostbaren Tropfen über das trockene Land ausgeschüttet. Der kleine König ließ eine lange Leiter bauen. Sie wurde so lang, bis alles Holz im Noddelland verbraucht war und stellten sie auf den Schlossturm. Dann kletterte Mugu auf die oberste Stufe und wartete auf eine dunkle Regenwolke. Es dauerte nicht lange, da zog eine dicke schwarze vorbei. Der König stocherte mit einem Spieß durch die Luft, um Löcher in die

Wolke zu bohren. Es kam nichts heraus, denn die Regenwolke flog zu hoch. Eilig kletterte er nach unten, holte Pfeil und Bogen und stieg wieder auf die Leiter. Er schoss den Pfeil in die Wolke - im nächsten Augenblick floss das Regenwasser wie aus einem dicken Schlauch auf die Erde.

Das Meerschwein hatte seine Geschichte beendet.

Jetzt kamen der alte Noddelschatzmeister, der Circusdirektor und der Großvater an die Reihe.

## 22

Der Noddelschatzmeister zog die Wörter Taschengeld, Noddelkönig, Schokoladentaler, Mond, Löwe, Höhle, Piratenschiff, Gabel, Himbeerzunge.

Lange überlegte er und die Zuhörer fingen an, ungeduldig zu werden.

Endlich sagte der alte Noddelschatzmeister:

Es gibt keine Geschichte auf der ganzen Welt, wo alle diese verschiedenen Wörter zusammen- passen. Wenn jedes Wort mit Geld zu tun hätte, würde ich darüber gerne eine Geschichte erzählen. Aber wie passt eine Himbeerzunge zu einem Piratenschiff oder eine Gabel zu Geld und Schokoladentaler. Unter diesen Umständen ziehe ich meine Teilnahme zurück, erklärte der Noddelschatzmeister.

Als Nächster trat der dicke schnauzbärtige Circusdirektor an die Wahlurne.

Neun Zettel zog er und las verwundert die Wörter:

Brontosaurier, Dampfmaschine, Satellit, Kerze, Schokoladentorte, Expedition, Untersee- boot, Vulkanisierung und Individualität.

Fassungslos schüttelte der dicke Circusdirektor den Kopf. Einige Wörter wie Vulkanisierung und Individualität konnte er kaum aussprechen, geschweige denn, dass er ihre Bedeutung kannte. Unter Satellit und Unterseeboot wusste er sich überhaupt nichts vorzustellen, lebte er doch in einer Zeit, als die wilden Ritter eingekleidet in Eisenrüstungen durch die Lande zogen. Der kleine König Mugu wunderte sich, wie die seltsamen Wörter Unterseeboot und Satellit in die Lostrommel gekommen waren, Wörter, die keiner im Noddelland verstand.

Setz das Wort Noddel davor, ratschlagte ein alter Diener des Noddelkönigs, vielleicht verstehen wir sie dann.

Noddelunterseeboot, Noddelsatellit murmelten die Hofgäste.

Aber selbst jetzt verstand keiner die fremdartigen Wörter.

So blieb dem Circusdirektor nichts übrig, als dem Beispiel des Noddelschatzmeisters zu folgen und seine Teilnahme am Wettbewerb zurückzunehmen.

Recht so, recht so!, krächzte der Statthalterpapagei schadenfroh, wer König werden will, muss auch lange, fremde Wörter kennen. Er muss sogar von Wörtern wissen, die kein anderer versteht, die es noch gar nicht gibt.

Als letzter Teilnehmer kam der alte Großvater nach vorn. Still zog er neun Zettel aus der Lostrommel. Er machte sich nicht die Mühe, die Worte vorzulesen.

Ich gehe jetzt nach Hause, sagte der alte Großvater, und erzähle meinem kleinen Neffen eine Geschichte aus den zehn Wörtern. Gefällt ihm die Geschichte, komme ich zurück und erzähle sie allen Gästen.

Recht hat er, krähte der Statthalterpapagei. Nur wer Geschichten erzählt, die den Kindern gefallen, verdient es, als König über ein Land zu herrschen.

Als der Großvater nach einer Stunde noch nicht zurückgekehrt war, schickte der kleine König Mugu seine Diener nach ihm.

Ehrwürdige Majestät, berichteten die Diener nach ihrer Rückkehr, der kleine Neffe schläft bereits und der Großvater kann ihm die Geschichte erst morgen erzählen.

Der Königsthron kann nicht warten, bis ein kleines Kind ausgeschlafen hat, entschied König Mugu. Auf diese Weise schied auch der Großvater aus dem Wettbewerb aus.

Zu guter Letzt blieben von den fünf Bewerbern um den Noddelthron nur der fremde Circuslöwe und das Meerschwein übrig.

Vor der Abstimmung zog sich der kleine König Mugu mit seinen Ratgebern zurück.

Nur zwei Bewerber für einen Hauptpreis, einen Königsthron. Und dabei sollte es die größte Verlosung auf dem größten Fest in der Geschichte des Noddellandes werden, stotterte der kleine König Mugu enttäuscht.

Du hast Recht, pflichtete der erste Ratgeber bei, das Ganze ist dem Königsthron unwürdig. Wir müssen einen Weg finden, dass die Abstimmung nicht stattfindet.

Nach zehn Minuten trat der kleine König Mugu mit seinen Dienern wieder vor die Hofgäste. Der erste Ratgeber rollte eine Papyrusrolle aus und verlas eine königliche Erklärung:

Zum Bedauern unseres Herrschers, König Mugu auf dem Noddelthron, haben sich nur fünf Teilnehmer für die Verlosung um den Noddelthron gemeldet. Drei von ihnen sind ausgeschieden. Leider haben die Ratgeber des Königs erst jetzt feststellen können, dass der Circuslöwe Bürger aus einem fremden Land ist. Ein Fremder kann nicht auf den Noddelthron des Noddelreiches. Bleibt als Einziger das Meerschwein übrig. König Mugu hat befunden, dass das Meerschwein als oberster Diener des Schlosses unentbehrlich ist, denn niemand im

Noddelland ist ein ebenso guter Diener. Ein Diener ist nötiger als ein König, deshalb muss das Meerschwein oberster Diener bleiben.

Die anwesenden Hofgäste waren sehr erstaunt. Die große Hauptverlosung war ins Wasser gefallen und der kleine König Mugu würde wieder auf dem Noddelthron bleiben.

Oder doch nicht?

# 23

Plötzlich trat ein älterer, rundlicher Mann in die Mitte des Kreises. Er hatte silbergraue Haare, die bis zum Hosenbund reichten und war als fahrender Prahlhans mit dem Circus auf das Noddelschloss gekommen:

Ehrwürdiger König Mugu, verehrte Gäste, sprach der Mann, seit fünf Jahren komme ich als fahrender Künstler, als Prahlhans, mit diesem Circus durch die Welt. Ich verstehe mich auf eine Kunst, die sonst niemand versteht. Ich wette um deinen Thron, König Mugu, dass ich deine Gedanken fangen und erraten kann.

Der kleine König Mugu stieg auf den Noddelthron und sah auf den fremden, dicken Prahlhans hinab:

Die Wette gilt, entschied er nach einer Weile. Wenn du meine Gedanken erraten kannst, sollst du neuer König über das Noddelreich werden!

Wie der kleine König Mugu so auf dem hohen Noddelthron saß, von dem er trotz seiner geringen Größe auf alle anderen herabzuschauen vermochte, dachte er bei sich:

Eigentlich ist es schön, König zu sein. Vielleicht kann ich es einrichten, auf dem Noddelthron zu bleiben. Sollte der fremde

Prahlhans wirklich meine Gedanken erraten, könnte ich sagen, ich habe an etwas anderes gedacht. Aber ich möchte auch gern als fahrender Handwerksbursche durch die Welt ziehen. Handwerksbursche oder Königsthron, vielleicht lieber Königsthron und nicht Handwerksbursche, oder doch Handwerksbursche, ein wenig lieber Handwerksbursche als Königsthron nein anders herum ist es richtiger, besser - Königsthron als Handwerksbursche, stimmt doch nicht, anders herum ist es verkehrt herum, am besten Handwerkskönig und nicht Thronbursche....

Hin und her überlegte der kleine König Mugu. Er konnte an nichts anderes denken, wollte er lieber König bleiben oder als fahrender Handwerksbursche durch die Welt ziehen?

Der fremde Prahlhans mit den langen silbergrauen Haaren stand vor dem Noddelthron:

Kann unsere Wette beginnen?, fragte er den kleinen König.

Sie kann beginnen, antwortete Mugu geistesabwesend.

Die Musiker spielten auf und obwohl der fremde Prahlhans alt und dick war, führte er einen wilden Tanz auf. Seine silbernen Haare flogen durch die Gegend und fingen wie ein Fischernetz alles, was sich in der Luft bewegte. Ab und zu hielt er inne, wackelte mit dem Kopf vorsichtig zur Seite, um festzustellen, ob sich die Gedanken des kleinen Königs in seinem Haarnetz verfangen hatten. Noch bevor die Musik zu Ende war, blieb der fremde, dicke Prahlhans stehen. Es zappelte in seinen Haaren, zwickte und zwackte an jeder einzelnen Spitze.

Ich habe deine Gedanken gefangen!, rief er triumphierend, lass mich auf den Thron.

Erst gib mir die Antwort, sprach der kleine König Mugu.

Der Mund des alten, fremden Prahlhans' öffnete sich:

Du machst dir Gedanken, ob du lieber König bleiben oder als fahrender Handwerksbursche durch die Welt ziehen möchtest.

Der kleine Mugu erschrak, denn der Fremde hatte wirklich seine Gedanken gefangen und erraten.

Traurig stieg er vom Thron:

Der Noddelthron gehört dir, sagte Mugu, aber vorher möchte ich mit dir etwas besprechen.

Beide gingen in das königliche Beratungszimmer.

## 24

Du bist der alte Noddelkönig, begann der kleine Mugu, ich habe dich sofort wiedererkannt.

Du hast Recht, erwiderte der Fremde. Früher war ich Noddelkönig, danach bin ich mit dem Circus fünf Jahre durch die Welt gefahren und jetzt erhalte ich meinen alten Noddelthron zurück.

Bist du böse auf mich?, fragte Mugu.

Nein, antwortete der alte Noddelkönig. Du hast gegen die wilden Ritter von König Hängebart Krieg geführt und den Kindern das Taschengeld zurückgezahlt. Ich mache dir einen Vorschlag. Lass uns abwechselnd regieren, jeder regiert abwechselnd drei Monate auf dem Noddelthron.

Der kleine Mugu war einverstanden. Auf diese Weise konnte er drei Monate König sein und drei Monate als Handwerksbursche durch die Welt ziehen.

Weißt du, sagte er, Gedanken fangen und erraten muss schön sein. Aber jemand müsste das Geheimnis herausfinden, wie man alte Gedanken aus dem Kopf herausnehmen und neue hineinstecken kann.

Welche Gedanken möchtest du denn aus den Köpfen herausnehmen?

Ich weiß nicht, erwiderte der kleine Mugu, aber es gibt viele, Gedanken von Krieg und Ärger, von schlechten Träumen, viele, es wären viele.

Ich bin fünf Jahre durch die Welt gezogen, entgegnete der alte Noddelkönig, aber einen wahren Prahlhans, der Gedanken aus den Köpfen hinein- und herausnehmen kann, habe ich nicht getroffen. Einige haben es behauptet, aber niemand hat es bisher geschafft. Es gelingt kaum bei sich selbst.

---

Seit diesen Tagen wurde das Noddelreich abwechselnd von zwei Königen regiert; für drei Monate von einem alten Noddelkönig, für drei Monate von einem Bäckerjungen, dem kleinen König Mugu. Noch lange wurmte es dem wilden König Hängebart, dass er damals den Kampf verloren hatte. Aber er traute sich nicht noch einmal, in den Krieg gegen das Noddelland zu ziehen.

Doch war der wilde König Hängebart ein listiger Herrscher. Er wusste, dass ein Land auch von den fremden Besuchern lebte, die es bereisten und Neuigkeiten aus der weiten Welt brachten. Deshalb zogen er und seine Ritter durch die Lande und vernichteten alle Schilder, die den Weg zum Noddelreich wiesen oder verdrehten ihre Richtung.

Seitdem findet niemand mehr den Weg ins Noddelland, wo ein alter König und ein kleiner Junge abwechselnd auf dem Thron regieren. Vielleicht, wenn es wieder Menschen gibt, die sich auf die Kunst verstehen, ohne Schilder durch die Welt zu reisen, auch Wege zu finden, wo noch kein schwarzer Asphalt wächst, vielleicht wird dann das alte Noddelreich mit dem Noddelkönig und dem kleinen König Mugu auf dem Noddelthron wiederentdeckt.

Aber nur vielleicht!

ENDE

**Biorafie**

Ich wurde in Berlin geboren. Nach dem Abitur in Berlin habe ich Medizin in Berlin und München studiert und war nach meinem Studium ca. 40 Jahre in der Medizin tätig. Seit Ende 2023 bin ich berentet. Während meiner Berufstätigkeit habe ich nebenher eine Reihe von Manuskripten verfasst, ein Jugendbuch, Kinderbücher, Romane und Gedichte.
Einige sind seitdem über einen Self-publishing-Verlag veröffentlicht worden.

Neben einer Reihe anderer Veröffentlichungen hat der Autor auch folgende Gedicht- und Prosabände veröffentlicht:

## Die Christyllische Weihnacht –
## Weihnachten wie immer (und) anders

27 Kurzgeschichten mit je einem Bild, zu jedem Tag vom 1.-26. sowie 31. Dezember; sehr abwechslungsreiche Geschichten von Weihnachten im Kaufhaus, bei den Schildbürgern, in einem neuen Märchen, als Science-Fiction und Weihnachtsgeschichten zur Zeit der Geburt Jesu. So abwechslungsreich, dass für jeden und jedes Alter etwas dabei ist (auch in Englisch erhältlich.

## Aventsschilda
## Die EULENde SPIEGEL-Weihnacht

Weihnachtsgeschichten mit und ohne Eulenspiegel in Schilda, bereichert durch weihnachtliche Gedichte. Zu lesen wie ein Adventskalender.

## Schwarzbart's kandidelte
## Adventsgeschichten

Der alte Seekapitän erzählt fantastische Adventsgeschichten voller Fantasie, bereichert durch weihnachtliche Gedichte. Zu lesen wie ein Adventskalender.

# Ein denkwürdiger Adventskalender

Das schönste am Fest war der Adventskalender. Jedes Jahr freute er sich auf diese verkleidete, geheimnisvolle süße Gabe. Draußen die bunten Bilder, die versteckten Türchen, Zahlen, die zwischen Engeln, Krippen und Weihnachtsmännern umherschwirrten. So war es jedes Jahr, aber dann stimmt irgendetwas nicht. Dies erzählt die Geschichte um einen ganz besonderen Adventskalender voller Überraschung.

# Die Insel der Figuren

Roman. Ein kleines Mädchen in Japan bekommt zum Geburtstag von ihrem Vater eine Puppe geschenkt. Als das Mädchen älter ist, wird die Puppe in einem kleinen Boot auf die Wellen des Meeres gesetzt. Offensichtlich eine Tradition ins Erwachsenenalter.
Einige Zeit später reist ein anderes Mädchen ihrer verschwundenen Puppe hinterher, eine spannende abenteuerliche Reise mit einem ungewöhnlichen überraschenden Ende beginnt.

# Manu's Reise mit dem Tod - eine Fuge durch die Zeit

Roman, 256 Seiten, verschiedene Lebenslinien aus dem Leben einer Frau, fugenartig verwoben, Ereignisse des Todes in ihrem Leben und ein weiterer Handlungsstrang über verschiedene Rituale zur Zeit des Todes in verschiedenen Kulturen (auch in Englisch erhältlich „Manu´s Journey with Death").

## GeGlichenes

Die folgende Sammlung in 4 Bänden enthält etwas über 60 Kurzgeschichten, jede Kurzgeschichte baut auf einer aus dem Neuen Testament stammenden Bibelstelle gleichnishaft auf und ist auf unsere Zeit übertragen. Zwischen den Geschichten findet sich jeweils ein Aphorismus oder ein Gedicht.

## Das Moooondschaaaaf
## (monatlich durch das Jahr)

Für jeden Tag eines Monats ein Gedicht aus Sicht eines auf dem Mond lebenden Schafs, das humorvoll, kritisch, skeptisch und wiedererkennend unsere Erde beäugt; zwischen jedem Gedicht ein Aphorismus; mit passenden lustigen Bildern aus Kinderhand; auch als Geburtstagsgeschenk für den passenden Geburtstagsmonat geeignet.

## Ostern- Gedichte zur Osterzeit

43 Gedichte mit christlichen Inhalten von Gründonnerstag bis zur Auferstehung Jesu, durchsetzt mit gedankenvollen Aphorismen.

## Hinter dunklen Himmelswolken
## Gedichte in Zeiten der Trauer

74 Gedichte über Tod, Sterben, Hoffnung, Zuversicht, das Danach.

## Der erdenkliche Mensch
## Das Du im Ich

55 Gedichte, dazwischen Aphorismen, die sich nachdenklich und kritisch mit liebgewonnenen menschlichen Verhalten auseinandersetzen.

## Ein KESSEL Bunte GeDichte

Ein Kessel bunter Gedichte, unterbrochen von kurzen Aphorismen – eben wie in einem großen bunten Kessel, wenn es heißt: tüchtig rühren, Kelle rein, sich überraschen (pardon inspirieren) lassen, was auf den Teller kommt.